العالم القديم

والبحار الخمسة

وليد محروم

While every precaution has been taken in the preparation of this book, the publisher assumes no responsibility for errors or omissions, or for damages resulting from the use of the information contained herein.

The Old World and Five Seas
First Edition April 18 2024

مقدمة

في صفحات التاريخ، داخل الأراضي القديمة في غرب آسيا، يكمن مهد الحضارة - العالم القديم. تمتد هذه المنطقة من شواطئ البحر الأبيض المتوسط إلى مساحات شاسعة من البحر الأصفر ، وقد شهدت صعود وسقوط الإمبراطوريات ، وتدفق وتراجع السلالات ، واختلاط الثقافات والحضارات.

في "العالم القديم والبحار الخمسة" ، نسافر عبر الزمن لاستكشاف التاريخ الغني لغرب آسيا. في قلب استكشافنا تكمن الشبكة المعقدة من طرق التجارة المعروفة باسم طريق الحرير ، والتي ربطت الأراضي البعيدة وسهلت تبادل السلع والأفكار والثقافات.

تأخذنا رحلتنا إلى الأسواق المزدحمة والموانئ المزدهرة التي غذت اقتصاد العالم القديم ، وتكشف عن الجوانب المتغيرة للتجارة والقوى التي دفعت ازدهار المنطقة. من الأسواق النابضة بالحياة إلى الموانئ المزدحمة ، نشهد تدفق الثروة والروابط بين الدول.

ولكن تحت سطح الرخاء يكمن عالم السياسة والسلطة. هنا ، تم عقد التحالفات والمنافسة وسعت الإمبراطوريات إلى التفوق. نتعلم تعقيدات الدبلوماسية والمكائد ، وتتبع صعود وسقوط الممالك وصراع الحضارات.

لعب الدين أيضا دورا مهما في تشكيل العالم القديم ، والتأثير على المعتقدات والقيم والهويات. نكشف عن تفاصيل الإيمان والأيديولوجية ، ونستكشف كيف تدخل الدين في السياسة لتشكيل مسار التاريخ. وبينما نسافر عبر الزمن، نواجه التحديات التي واجهت العالم القديم - من التهديدات الخارجية إلى الصراعات الداخلية. ومع ذلك ، وسط الفوضى ، نشهد مرونة المحاولة البشرية وروح الابتكار الدائمة.

كما سنناقش الانتقال من الاقتصادات الريعية إلى الاقتصادات المنتجة، مع تسليط الضوء على آثار التحول والتحديات التي تواجه القوى الاقتصادية العالمية. وسوف نستكشف كيف تعيد أسعار الفائدة المرتفعة تشكيل الديناميات الاقتصادية، مما يدفع البلدان إلى البحث عن بدائل مستدامة لمصادر الدخل السلبية. ويؤكد الكتاب على مزايا الاقتصادات المنتجة في التكيف مع تغيرات السوق، وتعزيز الابتكار، وتقديم أسعار تنافسية في التجارة العالمية.

ونحن نعترف بسباق التحول المسطح، ونشدد على الحاجة إلى استراتيجيات فعالة لتحقيق التوازن بين التنويع الاقتصادي والرفاه الاجتماعي.

يبحر الكتاب في التحديات الاقتصادية التي تواجه بعض الدول ، ويحث على اتخاذ تدابير استباقية لتعزيز مرونتها الاقتصادية.

وتدعو إلى التنويع والابتكار والتنمية المستدامة كاستراتيجيات أساسية للحفاظ على القدرة التنافسية الاقتصادية وجذب الاستثمارات.

تبحث المناقشة في المشهد الجيوسياسي لمنطقة البحار الخمسة، وتسلط الضوء على الجوانب المتغيرة المتطورة بين اللاعبين الرئيسيين مثل سوريا وتركيا وإيران والمملكة العربية السعودية.

وهو يشرح الأهمية الاستراتيجية للطرق البحرية في المنطقة، وموارد الطاقة، والمصالح الجيوسياسية.

يتتبع التاريخ التحولات في التحالفات والاستراتيجيات، لا سيما في ضوء جهود المملكة العربية السعودية لتأكيد نفوذها والاستفادة من فرص الطاقة المتجددة.

وبينما يسلط الخطاب الضوء على الإمكانات التحويلية لمشروع البحرالأحمر، فإنه يعترف بالتحديات التي يواجهها المشروع، بما في ذلك عدم الاستقرار السياسي والمخاوف البيئية.

5

"العالم القديم والبحار الخمسة" ليس مجرد سرد للماضي ولكنه دليل على التأثير الدائم لغرب آسيا. إنها قصة المرونة والتكيف والتحول - قصة يتردد صداها في العالم الحديث.

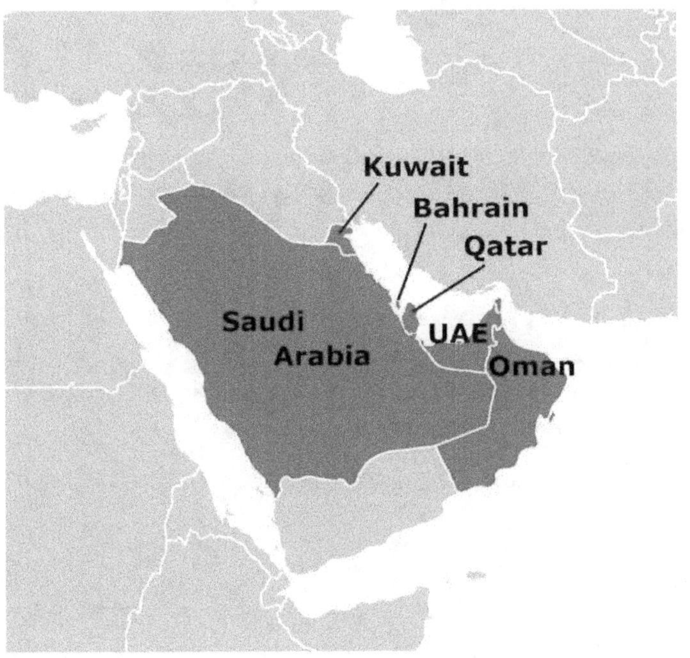

المؤلف

وليد محروم هو محاضر متعدد التخصصات، ولديه خلفية متنوعة في الفنون والأدب والتعليم. عاش وعمل في الشرق الأوسط وأفريقيا وأوروبا والأمريكتين ، وشهد ثقافات وأشكال فنية مختلفة منذ صغره.

وهو حاصل على شهادة في الفنون الجميلة من برشلونة، إسبانيا، حيث تابع شغفه بالتعليم.

طور محروم أيضا حبا للأدب والتاريخ ، مما وسع فهمه للعالم وثقافاته العديدة.

بالإضافة إلى خلفيته المتنوعة في الفن والموسيقى والأدب ، يمتلك محروم افتتانا عميقا بالجغرافيا السياسية والتاريخ والتبادل الثقافي ، لا سيما في سياق العالم القديم والمناطق البحرية.

مدفوعا بحبه للتاريخ ، درس على نطاق واسع وقرأ عن الأحداث التاريخية الكبرى والفلاسفة وعلماء النفس الذين شكلوا فهمنا للعالم.

مع مزيج فريد من الحساسية الفنية والبصيرة الثقافية والخبرة التاريخية ، يجلب محروم منظورا جديدا لاستكشاف العالم القديم والبحار الخمسة ، ويدعو القراء في رحلة عبر الزمان والمكان.

التاريخ والحضارة

في الامتداد الزمني الشاسع ، هناك منطقة غارقة في التاريخ والثقافة والتقاليد - مكان شهد صعود وسقوط الإمبراطوريات ، وتبادل الأفكار ، ودمج الحضارات. تمتد هذه المنطقة ، المعروفة باسم العالم القديم ، من غرب آسيا إلى شرق آسيا ، وتشمل مناظر طبيعية وشعوب وثقافات متنوعة. في جوهرها تقع المدن القديمة مثل دمشق والقدس وبغداد والمراكز الثقافية مثل بلاد فارس والهند والصين. انضم إليّ في رحلة بينما نكتشف التاريخ الغني والإرث الدائم للعالم القديم.

دمشق: مهد الحضارة

تبدأ رحلتنا في دمشق ، واحدة من أقدم المدن المأهولة باستمرار في العالم. تقع دمشق في السهول الخصبة في بلاد الشام ، وكانت بمثابة مفترق طرق للحضارات عبر التاريخ. من طرق التجارة القديمة على طريق الحرير إلى الأسواق الصاخبة للإمبراطورية العثمانية ، كانت دمشق مركزا للتجارة والثقافة والابتكار. ماضيها القديم مرئي في شوارعها ، حيث تقف الآثار كتذكير بتاريخها الطويل في مركز الحضارة.

تحتل دمشق مكانة خاصة في تاريخ البشرية باعتبارها مهد الحضارة. تقع هذه المدينة القديمة في سوريا الحالية ، ولها ماض غني وعريق يمتد على مدى آلاف السنين. دعونا نبحث في الأهمية التاريخية لدمشق ودورها المحوري في تشكيل مسار الحضارة الإنسانية.

الأصول القديمة

يمكن إرجاع تاريخ دمشق إلى العصر الحجري الحديث ، حوالي 10000 قبل الميلاد ، عندما تم استيطان المنطقة لأول مرة من قبل مجتمعات الصيادين وجامعي الثمار. بمرور الوقت ، انتقل هؤلاء السكان الأوائل إلى الزراعة وأنشأوا مستوطنات دائمة ، مما وضع الأساس للتنمية المستقبلية للمدينة.

بحلول الألفية الثالثة قبل الميلاد ، ظهرت دمشق كمركز حضري مزدهر في الشرق الأدنى القديم. أصبحت نقطة محورية للتجارة والتبادل التجاري ، وذلك بفضل موقعها الاستراتيجي على طول طرق القوافل التي تربط بلاد ما بين النهرين ومصر وعالم البحر الأبيض المتوسط. اجتذب ازدهار المدينة المستوطنين من خلفيات متنوعة ، مما أدى إلى استيعاب مختلف الثقافات والتقاليد.

الفترات التاريخية الرئيسية

طوال تاريخها الطويل ، حكمت دمشق العديد من الحضارات والسلالات ، كل منها ترك بصماته على المناظر الطبيعية للمدينة وثقافتها. من بين أبرز الفترات في تاريخ دمشق العصر الهلنستي ، حيث كانت بمثابة مركز عالمي تحت حكم الإمبراطورية السلوقية.

ومع ذلك ، فقد وصلت دمشق تحت الحكم الروماني إلى ذروتها كمركز حضري رئيسي. استثمر الرومان بكثافة في البنية التحتية للمدينة ، وشيدوا المباني الفخمة والقنوات والطرق التي عززت مكانتها كعاصمة إقليمية.

عززت الخلافة الأموية، التي صعدت إلى السلطة في القرن 7 م، أهمية دمشق كمركز ثقافي وسياسي. تم بناء الجامع الأموي ، أحد أقدم الآثار الإسلامية وأكثرها احتراما ، خلال هذه الفترة ولا يزال رمزا مبدعا للتراث الإسلامي للمدينة.

المساهمات الثقافية

قدمت دمشق مساهمات كبيرة للحضارة الإنسانية في مختلف المجالات، بما في ذلك الهندسة المعمارية والأدب والدين. تظهر المعالم المعمارية للمدينة ، مثل الجامع الأموي وقلعة دمشق ، براعة وحرفية بناتها.

بالإضافة إلى إنجازاتها المعمارية ، كانت دمشق مركزا للتعلم والمنح الدراسية عبر التاريخ. جذبت مكتبات وأكاديميات المدينة العلماء من جميع أنحاء العالم الإسلامي ، مما عزز التبادل الفكري وتقدم المعرفة.

تحمل دمشق أهمية دينية للمسيحيين والمسلمين واليهود على حد سواء. يعتقد أنه المكان الذي شرع فيه النبي محمد في رحلته الليلية.

الأهمية الحديثة

في العصر الحديث، لا تزال دمشق مركزا ثقافيا واقتصاديا مثيرا على الرغم من التحديات التي تفرضها الاضطرابات السياسية والصراع. يجذب تراثها الغني ومعالمها التاريخية السياح والعلماء من جميع أنحاء العالم ، مما يساهم في الحيوية الثقافية والاقتصادية للمدينة.

القدس: مدينة الأديان

بالسفر غربا ، نأتي إلى القدس ، المدينة التي يقدسها المليارات كمركز روحي. لعدة قرون، جذبت القدس الحجاج من جميع أنحاء العالم إلى أماكنها المقدسة. هنا، وسط الحجارة القديمة للمدينة القديمة ، تاريخ الغزو والتعايش ملموس.

خلفية تاريخية

على مر التاريخ ، كانت القدس ملكية ثمينة وقاتل عليها كثيرا. تشير الأعمال الأثرية في المنطقة إلى أن المدينة كانت مأهولة بالسكان منذ عام 4000 قبل الميلاد.

قد يكون أقدم اسم معروف لها هو Jebusite ، وهو ترجمة لمدينة كنعانية. جنبا إلى جنب مع الفلسطينيين الذين وصلوا في وقت لاحق ، يعتقد أنهم أقدم الأسلاف المعروفين للفلسطينيين الحاليين.

استقر "الفلسطينيون" على طول امتداد ساحل البحر الأبيض المتوسط الذي امتد تقريبا من يافا إلى قطاع غزة ، وكان داخل أرض كنعان لعدة قرون. بعد أن تركت مثل هذه العلامة التي لا تمحى ، بقيت أرض فلسطين ، أو فلسطين كما أصبحت معروفة ، حتى يومنا هذا.

في عام 1000 قبل الميلاد ، غزا الملك داود ، القدس وقام بتسييج المدينة وتحصينها ضد المزيد من الغزو.

في عام 586 قبل الميلاد سقطت في أيدي البابليين ودمر نبوخذ نصر معبدهم ولكن أعيد بناؤه لاحقا. استولى الإسكندر الأكبر أيضا على فلسطين بأكملها عام 332 قبل الميلاد وفي السنوات اللاحقة ، حكم البطلمون المصريون والسلوقيون السوريون القدس.

نحو اقتراب القرن الأول ، كانت المدينة العاصمة الحاكمة لإمبراطورية المكابيين لسيمون مكابي ، قبل أن تفسح المجال لحكم الرومان الطويل.

خلال العصر الروماني، شهدت مدينة بيت لحم بالقرب من القدس ولادة السيد المسيح.

بشر المسيح بأهمية عبادة إله واحد في مدينتي الناصرة والجليل حيث كان يعيش.

ولكن سيكون في القدس حيث حوكم من قبل المسؤول الروماني بيلاطس البنطي كنبي متمرد وكاذب.

كان الحكم الذي تلقاه هو الموت ، ويعتقد المسيحيون أنه صلب بعد ذلك. أصبح هذا الفعل الركيزة الأساسية للمسيحية وأصبح مكان صلبه (المزعوم) في القدس أقدس موقع في العالم المسيحي.

توافد أتباعه إلى الموقع للحج وتم بناء كنيسة القيامة ، حوله. أصبحت فلسطين التوراتية أرضا مقدسة للمسيحيين.

بعد أن غزا الرومان القدس ، أصبحت عاصمة سلالة هيرودس التي حكمت تحت إشراف روما. في عام 70 بعد الميلاد ، دمر الإمبراطور الروماني تيتوس الهيكل لمعاقبة اليهود الذين تمردوا على حكمه.

في عام 135 بعد الميلاد ، أعاد الإمبراطور الروماني هادريان بناء المدينة ، ومنحها أسوارا جديدة وسمى الأرض رسميا باسم فلسطين بينما أعاد تسمية القدس باسم إيليا كابيتولينا تكريما لإلهه الوثني ، كوكب المشتري.

من 313 م ، مع قبول واسع النطاق للمسيحية من قبل روما ، خضعت القدس لإحياء ، بمساعدة كبيرة من سانت هيلانة (زوجة الإمبراطور قسطنطين) ، التي رعت الكثير من إعادة بناء المدينة في أوائل القرن 4 أصبحت مركزا للحج المسيحي.

بحلول عام 638 بعد الميلاد ، مع الانتشار السريع لدين الإسلام في المنطقة ، تم الاستيلاء على المدينة من قبل جيش بقيادة أبو عبيدة تحت خلافة عمر بن الخطاب وجاء الإسلام إلى فلسطين.

منذ زمن النبي محمد عليه السلام، اعتبر المسلمون القدس مكانا مهما للزياره بعد مكة ، نظرا لأهميتها الدينية باعتبارها مكان رحلة النبي المعجزة إلى السماء.

بين عامي 688 و 691 بعد الميلاد ، كان مسجد قبة الصخرة محاطا من قبل الوليد بن عبد الملك. وبعد ذلك بعامين، تم بناء المسجد الأقصى في نفس الموقع، تخليدا لذكرى مكان سجود النبي. أصبح المسجدان والمناطق المحيطة بهما معروفين باسم الحرم الشريف وأصبح ثالث أقدس موقع للمسلمين.

وبحلول القرن 11، كان الإسلام في المنطقة لأكثر من 500 سنة. اكتسبت المدينة سمعة عالمية كمدينة للديانات الثلاث. ولكن مع وصول الفاطميين إلى السلطة ، ومحاربة إمبراطوريتهم للتوسع المسيحي ، بدأ الحكام في تقييد تدفق الحجاج المسيحيين. دمر الحاكم الفاطمي الحكيم كنيسة القيامة (أعيد بناؤها لاحقا) ردا على انتفاضة ، وهو عمل ساهم في الهجوم الذي شنه الصليبيون.

في عام 1095 م ، بشر البابا أوريان الثاني بحملة صليبية ضد المسلمين في فلسطين. وقال إن أولئك الذين سيقاتلون وعدوا بالفداء السماوي لخطاياهم والغنائم لما يغلبونه.

في عام 1099 م ، تم غزو القدس من قبل الصليبيين وذبح سكانها (مسلمون ومسيحيون ويهود على حد سواء). بالنسبة لمعظم القرن 12 أصبحت عاصمة مملكة القدس اللاتينية.

في عام 1187 بعد الميلاد ، تحت قيادة صلاح الدين ، استعاد المسلمون المدينة ، ومما أدى إلى ارتياح السكان المسيحيين ، لم يكن هناك قتل انتقامي. وسمح لأولئك الذين أرادوا المغادرة بالقيام بذلك، مع جميع ممتلكاتهم وممتلكاتهم، وأولئك الذين أرادوا البقاء كانوا مكفولين لحماية حياتهم وممتلكاتهم وأماكن عبادتهم. قبل مغادرته لاستعادة أراضي المسلمين ، عين صلاح الدين ضياء الدين عيسى الهكاري حاكما وحاميا للمدينة.

بعد ذلك ، تحت حكم المماليك ثم الحكم العثماني ، أعيد بناء القدس وترميمها بشكل خاص من قبل سليمان الثاني (المعروف أيضا باسم سليمان القانوني) ، وبناء الجدران والبوابات والأبراج والقنوات المائية للمدينة.

أبرز أعماله هو أعمال البلاط الجميلة التي تم تكليفها للجزء الخارجي من قبة الصخرة. بفضل المهارات التي لا تضاهى لخبراء السيراميك الفارسيين ، تم إطلاق 40000 بلاطة ووضعها في مكانها ، متوجة بنقش آيات من القرآن. لا يزالون حتى يومنا هذا.

بحلول عام 1228 بعد الميلاد ، هبطت حملة صليبية سادسة على شواطئ فلسطين ، وبعد عام بموجب معاهدة ، توج الإمبراطور الألماني فريدريك الثاني نفسه ملكا على القدس. بعد خمسة عشر عاما تم استعادتها من قبل الجيش المصري بقيادة الباشا (الحاكم) ، الخرازمي. تم الاحتفاظ بها من قبل المصريين في مواجهة الحملة الصليبية السابعة حتى القرن 15 ، عندما انتقلت إلى أيدي الأتراك العثمانيين.

خلال الحكم العثماني كان هناك وجود يهودي صغير ولكنه مهم في فلسطين، وبحلول القرن 19، في بداية الانهيار العثماني، أصبحت القدس مدينة أكثر انفتاحا. زاد الحجاج المسيحيون وتم بناء الكنائس ودور العجزة وغيرها من المؤسسات.

كما كانت الهجرة اليهودية الأوروبية إلى القدس في ازدياد واعتبرتها بعض الجماعات محورية لخطة رئيسية وضعها الصهاينة. بحلول عام 1900 ، شكل اليهود أكبر مجتمع في المدينة والمستوطنة الموسعة خارج أسوار المدينة القديمة.

في عام 1914 ، أدت الحرب العالمية الأولى إلى الاضطرابات والدمار والحاجة إلى التوسع والغزو من قبل القوى الأوروبية. لذلك ، في عام 1917 ، استولت القوات البريطانية على القدس بقيادة الجنرال إدموند اللنبي.

وفي العام نفسه، أشار وزير الخارجية البريطاني آرثر بلفور إلى دعم الحكومة البريطانية لإقامة وطن لليهود في فلسطين للورد الصهيوني الثري والمؤثر روتشيلد.

بعد الحرب ، أصبحت القدس عاصمة لفلسطين ولكنها احتجزت تحت الانتداب البريطاني. مع اقتراب نهاية الانتداب ، سعى كل من العرب واليهود إلى الاستيلاء على المدينة. لكن الأقليات في المدينة ، مثل المسيحيين ، فضلت مدينة مفتوحة لجميع الأديان الثلاث.

وقد أعطى الأوروبيون وزنا لهذا الرأي في الأمم المتحدة، التي أعلنت، عند تقسيم فلسطين إلى دولتين عربية ويهودية، أن القدس ستكون مدينة تدار دوليا، ولكن في دولة عربية متوقعة.

حتى قبل دخول التقسيم حيز التنفيذ في 14 مايو 1948 ، اندلع القتال بين اليهود والعرب في المدينة. في 28 مايو، استسلم اليهود في البلدة القديمة لكن المدينة الجديدة ظلت في أيدي اليهود.

تم ضم البلدة القديمة وجميع المناطق التي يسيطر عليها الفيلق العربي - الربع الذي يميز القدس الشرقية - من قبل الأردن في أبريل 1949. ردت دولة إسرائيل المنشأة حديثا بالاحتفاظ بالمنطقة التي كانت تسيطر عليها وهكذا في 14 ديسمبر 1949 ، تم إعلان مدينة القدس الجديدة عاصمة لإسرائيل ، وهو هدف ذو دوافع سياسية يرمز إلى التاريخ والقوة اليهودية. (بموجب قرارات الأمم المتحدة المستمرة التي تشكك في وضع المدينة، جعلت إسرائيل تل أبيب عاصمتها في وقت لاحق).

في عام 1967، استولت القوات الإسرائيلية على البلدة القديمة في حرب الأيام الستة مع مصر وسوريا والأردن. ضموا البلدة القديمة رسميا ووضعوا القدس بأكملها تحت الإدارة المركزية.

عرض على عرب القدس الشرقية الجنسية الإسرائيلية العادية ولكن جميعهم تقريبا اختاروا الحفاظ على وضعهم كأردنيين. ثم نقلت إسرائيل العديد من العرب من البلدة القديمة لكنها ضمنت الوصول إلى الأماكن المقدسة للمسلمين والمسيحيين.

بحلول يوليو 1980، وافق البرلمان الإسرائيلي على مشروع قانون يؤكد القدس عاصمة تاريخية وغير مقسمة للبلاد لجميع اليهود، لكن موقف الحكومات الإسرائيلية المتعاقبة كان الحفاظ على تل أبيب عاصمة (كما تعترف بها الأمم المتحدة) مع التهديد ب "الإعلان". مع تطوير الضواحي والإسكان في الأراضي التي كانت تحت سيطرة الأردن سابقا ، أصبحت القدس أكبر مدينة في إسرائيل. لكن الصراع بين العرب واليهود استمر.

على سبيل المثال، دمرت أعمال التنقيب الإسرائيلية حول المدينة العديد من عناصر الفن والعمارة الإسلامية وغيرت الكثير من السمات المعروفة للمدينة القديمة. ولكن كان الحفر الذي تم بالقرب من المسجد الأقصى وكنيسة القيامة في سبعينيات القرن العشرين التي أدت إلى الكثير من العنف بين السكان المسلمين واليهود.

بالإضافة إلى ذلك، استمر تدمير المباني العربية ومصادرة الأراضي العربية، إلى جانب تغيير أسماء الشوارع والمباني الإسلامية إلى أسماء يهودية، منذ عام 1967 من أجل تهويد المدينة، وفي الوقت نفسه ترحيل سكانها الأصليين وحرمان أولئك الذين غادروا من العودة إلى وطنهم.

تم ترحيل حوالي 15,500 عربي واستبدالهم منذ عام 1967، وفقا لأرقام الأمم المتحدة، من أجل زيادة أعداد اليهود في المدينة. وبالتالي ، يمتلك السكان اليهود معظم العقارات والأراضي في المدينة.

وفي عام 1918، كان اليهود يمتلكون أربعة في المائة فقط من الأرض، وكان العرب يملكون 94 في المائة والأقليات 2 في المائة. ولكن بحلول عام 1985 ، انعكس الموقف مع ملكية 84٪ لليهود ، و 14٪ للعرب ، وحوالي واحد في المائة للأقليات.

كان هذا هو الجدل الدائر حول وضع القدس كعاصمة للمسلمين و / أو اليهود لدرجة أنها كانت موضوع العديد من قرارات الأمم المتحدة ولا تزال نقطة النجاح أو الانهيار في أي محادثات حول الوضع النهائي.

نوقشت القدس كتوجيه ثالث لقرار الأمم المتحدة رقم 181 في عام 1947 ، والذي تناول قضية المدينة ككيان منفصل.

تم تقديم خطة إلى الأمم المتحدة في 4 أبريل 1950 تحدد إدارة الأماكن المقدسة ، والتي كان من المقرر أن تسيطر عليها الأمم المتحدة من خلال مجلس تشريعي.

1. يجب تقسيم القدس إلى قسمين: أحدهما يديره العرب والآخر يديره اليهود.

2. يجب أن تكون القدس منطقة محايدة وغير مسلحة ولا يحق لأحد أن يعلنها عاصمة له.

3. تشكيل مجلس عام من المنطقة كلها، ووضع نظام خاص للدفاع عن الأماكن المقدسة.

علاوة على ذلك، فإن أهم القرارات الصادرة عن الأمم المتحدة ومجلس الأمن بشأن القدس هي:

1. اعتبر القرار 2253، الصادر عن الجمعية العامة في 4 تموز/يوليه 1967، أن جميع الأنشطة الإسرائيلية في القدس الشرقية غير قانونية، وبالتالي ينبغي أن تتوقف. واعتمده تسعون عضوا وامتنع 20 عضوا عن التصويت. ولم تشارك إسرائيل في المناقشات أو التصويت.

2. أدان القرار 2254، الصادر عن الجمعية العامة في 14 يوليو 1967، عدم تطبيق إسرائيل للقرار السابق، وطلب من إسرائيل إلغاء جميع الأنشطة في القدس الشرقية وخاصة عدم تغيير معالم المدينة.

3. طلب القرار 250 الصادر عن مجلس الأمن في 27 نيسان/أبريل 1968 من إسرائيل عدم إقامة عرض عسكري في القدس.
4. القرار 251 الصادر عن مجلس الأمن في 2 أيار/مايو 1968 أدان إقامة العرض العسكري في القدس.

5. القرار 252، الصادر عن مجلس الأمن في 21 أيار/مايو 1968، طلب من إسرائيل إلغاء جميع الأنشطة في القدس، وأدان احتلال أي أرض من خلال العدوان المسلح. كما اعتبرت جميع هذه الأنشطة غير قانونية وأصرت على أن الوضع في المدينة يجب أن يبقى كما هو.

6. القرار 267 الصادر عن مجلس الأمن في 3 يوليو 1969 ، أكد القرار 252.

7. القرار 271، الصادر عن مجلس الأمن في 15 أيلول/سبتمبر 1969، طلب من إسرائيل حماية المسجد الأقصى وإلغاء جميع الأنشطة التي قد تغير معالم المدينة.

8. أعرب القرار 298 الصادر عن مجلس الأمن في 25 أيلول/سبتمبر 1971 عن أسفه لعدم اكتراث إسرائيل بالقوانين والقرارات الدولية المتعلقة بالقدس.

وأكد القرار أن جميع الإجراءات الإدارية والتشريعية التي اتخذتها إسرائيل في المدينة، مثل نقل الملكية ومصادرة الأراضي، غير قانونية، كما أكد على أنه لا ينبغي القيام بأي أنشطة أخرى قد تغير ملامح المدينة أو التركيبة السكانية.

تشمل القرارات الأخرى التي نوقشت فيها القدس ما يلي:

1. القرار رقم 298 الصادر في 25 أيلول/سبتمبر 1974.
2. القرار 446 الصادر في 22 آذار/مارس 1979.
3. القرار رقم 452 الصادر في 20 أيلول/سبتمبر 1979.
4. القرار رقم 476 الصادر في 1 آذار/مارس 1980.
5. القرار رقم 471 الصادر في 5 حزيران/يونيه 1980.
6. القرار رقم 592 الصادر في 30 حزيران/يونيه 1980.
7. القرار رقم 478 الصادر في 20 آب/أغسطس 1980.
8. القرار رقم 592 الصادر في 8 أيلول/سبتمبر 1986.
9. القرار رقم 605 الصادر في 22 كانون الأول/ديسمبر 1986.
10. القرار رقم 904 الصادر في 13 مارس 1994.

ولا تزال مسألة وضع القدس الشرقية، التي ضمتها إسرائيل ولكن يعتبرها الفلسطينيون جزءا من عاصمة دولتهم، صعبة.

في عام 1998، أعلنت إسرائيل عن خطة مثيرة للجدل لتوسيع القدس من خلال ضم البلدات المجاورة. وقوبلت الخطة بإدانة واسعة من الدول العربية وأعضاء مجلس الأمم المتحدة. وقالت إسرائيل إنها ستجمد مثل هذا الإجراء.

منذ بداية الانتفاضة الثانية في أيلول/سبتمبر 2000، ضمت إسرائيل بشكل روتيني وصول البلدات العربية المحلية إلى القدس، وبالتالي أغلقت المدينة لمخططاتها الخاصة.

التراث الثقافي: يعكس التراث الثقافي الغني للقدس التقاليد الدينية المتنوعة والموروثات التاريخية التي شكلت المدينة على مر القرون.

تعد مدينتها القديمة، أحد مواقع التراث العالمي لليونسكو، موطنا للعديد من المعالم الدينية والعجائب المعمارية والتحف القديمة التي تشهد على ماضيها متعدد الثقافات.

تنقسم البلدة القديمة إلى أربعة أرباع: الحي اليهودي والحي المسيحي والحي الإسلامي والحي الأرمني. يتميز كل حي بهندسته المعمارية المتميزة وتقاليده وحياته المجتمعية ، مما يخلق فسيفساء من الأديان والثقافات داخل أسوار المدينة.

الأهمية الروحية: بالنسبة للمؤمنين باليهودية والمسيحية والإسلام ، القدس هي أكثر من مجرد موقع مادي. إنها نقطة محورية روحية تجسد الحضور الإلهي ووعود الخلاص. يتدفق الحجاج إلى المدينة للصلاة في مواقعها المقدسة ، والسعي إلى التنوير الروحي ، والتواصل مع المتسامي.

على الرغم من أهميتها الدينية، كانت القدس أيضا مصدرا للخلاف والصراع عبر التاريخ. جعل موقع المدينة الاستراتيجي ورمزيتها الدينية هدفا للغزو والاستعمار والمنافسات الجيوسياسية ، مما أدى إلى قرون من الصراع والخلاف.

بغداد: أرض التعلم

بالاستمرار شرقا ، نصل إلى بغداد ، التي كانت ذات يوم عاصمة الخلافة العباسية ومركزا للتعلم خلال العصر الذهبي الإسلامي. اجتمع علماء من خلفيات متنوعة في بيت الحكمة في بغداد لترجمة المعرفة القديمة والحفاظ عليها، ووضع الأساس لعصر النهضة في أوروبا.

إن إرث بغداد كخط للمعرفة والابتكار لا يزال قائما، ويلهم الأجيال القادمة للبحث عن الحكمة والتنوير.

تتمتع بغداد ، عاصمة العراق ، بتاريخ غني كمركز للتعلم والتعليم والتبادل الثقافي. من عصرها الإسلامي الذهبي إلى الصراعات الحالية، لعبت بغداد دورا محوريا في دفع المساعي الفكرية، وتشجيع الابتكار، وحماية المعرفة. سوف نستكشف أهمية بغداد التاريخية كمعقل للتعليم وإرثها الدائم في الأوساط الأكاديمية والأدب والعلوم.

العصر الذهبي الإسلامي

خلال الخلافة العباسية (750-1258 م) ، ازدهرت بغداد كمركز نشط للنشاط الفكري والازدهار الثقافي.

في عهد الخليفة هارون الرشيد وخلفائه ، تأسس (بيت الحكمة) كمؤسسة رئيسية للترجمة والبحث والبحث العلمي. اجتمع علماء من خلفيات متنوعة في بغداد، وترجموا النصوص اليونانية والفارسية والهندية إلى العربية، وبالتالي الحفاظ على المعرفة العالمية وتوسيعها.

الأرقام الرئيسية والمساهمات

قدم العلماء البارزون والموسوعيون مساهمات كبيرة في مختلف التخصصات خلال العصر الذهبي لبغداد. كان أحد الشخصيات البارزة هو الفيلسوف والعالم أبو علي الحسن بن الهيثم ، المعروف باسم الحسن في الغرب ، الذي كان رائدا في البصريات والرياضيات والمنهج العلمي.

ومن بين الشخصيات البارزة الأخرى عالم الرياضيات الخوارزمي ، الذي يعتبر والد الجبر ، والطبيب ابن سينا (ابن سينا) ، الذي ظلت موسوعته الطبية ، قانون الطب ، مؤثرة لعدة قرون.

بيت الحكمة

كان بيت الحكمة محوريا للتبادل الفكري والابتكار في بغداد. كانت مكتبتها الواسعة تضم المخطوطات ، وكانت بمثابة مركز للترجمة ، حيث قدم العلماء بجد أعمالا من اليونانية والسريانية والسنسكريتية إلى العربية. كانت هذه الترجمات حاسمة في نقل المعرفة بين الحضارات ووضع الأسس لعصر النهضة الأوروبية.

الانحدار والنهضة

على الرغم من ماضيها الذي لا ينسى، شهدت بغداد فترات من التراجع والاضطرابات، خاصة بعد الغزو المغولي عام 1258 الذي دمر المدينة ومكتباتها. ومع ذلك، استمر إرث بغداد كمركز فكري، حيث سعى الحكام والعلماء اللاحقون إلى إحياء تراثها الأكاديمي.

التحديات الحديثة والقدرة على الصمود

تواجه بغداد اليوم العديد من التحديات، بما في ذلك عدم الاستقرار السياسي والصراع والصعوبات الاقتصادية. وعلى الرغم من هذه العقبات، تبذل الجهود لإعادة تنشيط المؤسسات التعليمية في المدينة، وتعزيز محو الأمية، ورعاية الابتكار. وتهدف مبادرات مثل إعادة بناء المكتبات وإنشاء الجامعات وتطوير البحث العلمي إلى إحياء دور بغداد كأرض للتعلم في المنطقة.

بلاد فارس والهند والصين: أركان الحضارة

التوجه إلى الحضارات العظيمة في بلاد فارس والهند والصين - كل منها ركيزة من أركان التراث الثقافي للعالم القديم. في بلاد فارس ، ازدهرت الإمبراطورية الفارسية القديمة ، تاركة إرثا غنيا من الفن والأدب والهندسة المعمارية.

في الهند ، أرست حضارة وادي السند القديمة الأسس لواحدة من أقدم الثقافات في العالم ، والتي تتميز بالحكمة الروحية والتعبير الفني.

وفي الصين ، برزت المملكة الوسطى كقوة للابتكار والاستكشاف ، وشكلت التاريخ بإمبراطوريتها الشاسعة وتراثها الثقافي الغني.

البحار الخمسة

استكشاف البحار الخمسة: بوابات التجارة العالمية

لقد كانت محيطات وبحار عالمنا مفيدة في تشكيل الحضارة الإنسانية عبر التاريخ. دعونا نفحص البحار الخمسة على وجه الخصوص ,كانت بمثابة روابط حيوية بين الثقافات ، وتسهيل التجارة والنقل والاتصالات.

البحر الأبيض المتوسط: مهد الإمبراطوريات القديمة

يقع البحر الأبيض المتوسط بين أوروبا وأفريقيا وآسيا ، وكان مركزا للنشاط البشري لآلاف السنين. ارتفعت المدن والإمبراطوريات القديمة مثل مصر واليونان وروما على شواطئها واستخدمتها كطريق سريع للتجارة والغزو.

كانت موانئ البحر الأبيض المتوسط التاريخية بما في ذلك أثينا والإسكندرية والقسطنطينية مراكز مزدهرة للتجارة وتبادل الأفكار بين الشعوب المتنوعة. حتى اليوم ، تتعامل الموانئ الرئيسية على طول البحر الأبيض المتوسط مع كميات هائلة من البضائع وتلعب دورا رئيسيا في التجارة العالمية.

البحر الأسود: الرابط بين أوروبا وآسيا

شمال البحر الأبيض المتوسط يقع البحر الأسود ، ويتمتع بموقع استراتيجي بين جنوب شرق أوروبا وغرب آسيا. لعدة قرون ، ربط البحر الأسود حضارات البحر الأبيض المتوسط بطريق الحرير وما وراءه. سهلت الموانئ العظيمة في بيزنطة والقسطنطينية وأوديسا التجارة بين أوروبا وثروات آسيا. لا يزال البحر الأسود ممر شحن حيوي بين أوروبا وروسيا والشرق الأوسط ، مع اسطنبول وفارنا ونوفوروسيسك كمحاور رئيسية.

بحر قزوين

مركز التجارة على الرغم من كونها غير ساحلية.

شرقا يقع بحر قزوين ، أكبر جسم مائي مغلق على وجه الأرض. على الرغم من أن بحر قزوين غير ساحلي ، إلا أنه مكن التجارة في المنطقة على مر العصور. تحتوي شواطئها على احتياطيات كبيرة من النفط والغاز ، مما يجعل بحر قزوين مركزا رئيسيا للطاقة والتجارة.

تربط موانئ باكو وأكتاو وأستراخان دول آسيا الوسطى بالأسواق العالمية من خلال تصدير النفط والغاز الطبيعي والسلع الأخرى.

البحر الأحمر: البوابة القديمة لأفريقيا

جنوب البحر الأبيض المتوسط هو البحر الأحمر النحيف ، وهو ممر مائي حاسم يربط ثلاث قارات عبر التاريخ. كان البحر الأحمر بمثابة طريق تجاري حيوي بين أفريقيا وآسيا والشرق الأوسط. لا تزال موانئ مثل جدة وبورتسودان وجيبوتي بمثابة بوابات بين أوروبا وآسيا وأفريقيا ، حيث تتعامل مع كميات هائلة من البضائع.

الخليج العربي/الفارسي: قلب تجارة النفط العالمية

يقع الخليج العربي / الفارسي في قلب تجارة النفط والغاز الحديثة. وتحتوي شواطئها على بعض من أكبر احتياطيات النفط في العالم، مما يجعل الخليج حيويا لإمدادات الطاقة العالمية والتجارة. تشحن الموانئ الضخمة مثل دبي وأبو ظبي ومدينة الكويت كميات هائلة من النفط والغاز الطبيعي والسلع في جميع أنحاء العالم ، مما يغذي الاقتصاد العالمي.

على مر التاريخ ، كانت البحار الخمسة قنوات حاسمة للتجارة العالمية، تربط الأماكن البعيدة وتشكل مسار الحضارات.

في الماضي ، كانت هذه المسطحات المائية بمثابة جسور بين القارات ، مما مكن من تجارة السلع وتبادل الأفكار وخلط الثقافات.

وضع البحر الأبيض المتوسط ، بموانئه النابضة بالحياة ومجتمعاته القديمة ، الأساس للتجارة البحرية في نصف الكرة الغربي.

كان البحر الأسود وبحر قزوين والبحر الأحمر بوابات للتبادل بين أوروبا وآسيا وأفريقيا ، مما عزز النجاح الاقتصادي والانتشار الثقافي.

في العصر الحديث ، لا تزال هذه البحار تلعب دورا لا غنى عنه في التجارة العالمية ، حيث تعمل كشريان حياة لعدد لا يحصى من البلدان والاقتصادات. الموانئ وطرق الشحن المنتشرة في سواحلها هي خلايا للنشاط ، مما يسهل حركة البضائع والموارد على نطاق غير مسبوق.

أصبح الخليج العربي / الفارسي على وجه الخصوص لاعبا رئيسيا في صناعة الطاقة العالمية ، حيث يوفر للعالم أصول حيوية من النفط والغاز.

واستشرافا للمستقبل، فإن الترابط بين هذه البحار سيزداد أهمية مع ازدياد ترابط العالم. وسيؤدي التقدم في التكنولوجيا والنقل إلى زيادة تسريع تدفق السلع والبيانات، وتحويل هذه المسطحات المائية إلى قنوات أكثر أهمية للتبادل العالمي.

ويطرح هذا الترابط أيضا تحديات، مثل التدهور الإيكولوجي والتوترات الجيوسياسية، التي يجب معالجتها لحماية استدامة وأمن هذه الممرات المائية الحيوية.

البحار الخمسة هي أكثر من مجرد كتل من الماء. فهي شريان الحياة للأعمال التجارية الدولية، وتربط البلدان والاقتصادات في شبكة معقدة من التجارة والتبادل.

وبينما نبحر في تجارب وآفاق القرن ال21، من الضروري أن ندرك أهمية هذه البحار وأن نتعاون لحماية مستقبلها للأجيال القادمة.

الديناميات الجيوسياسية للبحار الخمسة

تدخل الجغرافيا السياسية للبحر الأبيض المتوسط والأسود وبحر قزوين والبحر الأحمر والخليج الفارسي حقبة جديدة تحددها التحالفات المتغيرة والقوى الناشئة وخطط التنمية الطموحة. بينما تتنافس الدول على السيطرة على هذه الممرات المائية الحرجة ، يمر المشهد الجيوسياسي الإقليمي بتغيرات كبيرة.

في السنوات الأخيرة ، أصبحت الأهمية الجيوسياسية لهذه المنطقة أكثر وضوحا ، مدفوعة بموقعها الاستراتيجي الذي يربط بين أوروبا وآسيا وأفريقيا. هذا التقارب بين القارات يعطي المنطقة إمكانات اقتصادية هائلة ، مما يجعلها مركزا حيويا للتجارة العالمية والتجارة.

أحد المحركات الرئيسية للتغيير هو رؤية المملكة العربية السعودية 2030، بقيادة ولي العهد محمد بن سلمان. تهدف هذه الخطة إلى تقليل اعتماد السعودية على النفط من خلال الاستثمار في قطاعات مثل السياحة والطاقة المتجددة والبنية التحتية. ومن الأمور المركزية في هذا الأمر تطوير ساحل البحر الأحمر في المملكة العربية السعودية ليصبح مركزا تجاريا وسياحيا رئيسيا.

يمثل مشروع البحر الأحمر رؤية طموحة لمستقبل المنطقة، مع خطط لوجهات سياحية وتجارية جديدة وبنية تحتية وتنمية مستدامة. وباستخدام موقعها ومواردها، تسعى المملكة العربية السعودية إلى أن تصبح لاعبا اقتصاديا عالميا رائدا.

المملكة العربية السعودية ليست الدولة الوحيدة التي تسعى إلى النفوذ الإقليمي. كما قامت الصين وروسيا باستثمارات استراتيجية، مدركتين الفرص الاقتصادية. على سبيل المثال، تعزز مبادرة الحزام والطريق الصينية الترابط والتجارة الأوراسية، حيث تلعب منطقة البحار الخمسة دورا محوريا.

ومن المرجح أن تشتد المنافسة على النفوذ والسيطرة على البحار الخمسة، حيث تتنافس الدول على الموارد والأسواق والأصول. وهذا يمكن أن يشكل التجارة العالمية، مع ما يترتب على ذلك من آثار على الاستقرار والأمن.

بالإضافة إلى التنافس الجيوسياسي، تواجه المنطقة عدم الاستقرار والتهديدات الأمنية والقضايا البيئية. وتشكل هذه العقبات عقبات أمام التنمية، وتتطلب حلولا تعاونية.

ومع ذلك، ومع تزايد أهميتها الاستراتيجية، تظل منطقة البحار الخمسة محورية للاهتمام العالمي. ومن خلال تحقيق إمكاناتها الاقتصادية والتصدي للتحديات بشكل تعاوني، يمكن للمنطقة أن تدخل حقبة من الازدهار والتعاون.

كان لبشار الأسد علاقة قوية نسبيا مع تركيا ورئيس وزرائها آنذاك رجب طيب أردوغان. وقد انخرط الزعيمان في تعاون تجاري واقتصادي كبير وشراكات استراتيجية بشأن قضايا مثل الموارد المائية والاستقرار الإقليمي.

كانت منطقة البحار الخمسة ، التي تضم البحر الأبيض المتوسط والبحر الأسود وبحر قزوين والبحر الأحمر والخليج الفارسي ، مركزا مهما للتجارة والتبادل التجاري لعدة قرون.

اليوم ، هي موطن لممرات الشحن الأكثر أهمية في العالم ، مما يسهل نقل البضائع من وإلى الشرق والغرب. إن الموقع الاستراتيجي للمنطقة على أعتاب أوروبا وآسيا وأفريقيا جعلها مفترق طرق حاسم للتجارة وموقعا لمنافسة القوى العظمى.

في ذلك الوقت، أدركت كل من سوريا وتركيا الأهمية الاستراتيجية لمواقعهما الجغرافية وقربهما من منطقة البحار الخمسة.

كما يتقاسم البلدان رؤية للتكامل والتعاون الإقليميين، مع إمكانية تحويل المنطقة إلى مركز للتجارة يمكن أن ينافس المراكز العالمية الأخرى.

ومع ذلك، أدى اندلاع الصراع السوري في عام 2011 إلى تغيير المشهد الإقليمي بشكل كبير وتوتر العلاقة التي كانت وثيقة بين سوريا وتركيا. وسرعان ما تحول الصراع إلى حرب بالوكالة، حيث تتنافس القوى الإقليمية والعالمية من أجل السيطرة على مستقبل البلاد والمنطقة.

مع استمرار الصراع ، أصبح من الواضح أن السيطرة على منطقة البحار الخمسة كانت هدفا رئيسيا للعديد من اللاعبين المعنيين. إن موارد الطاقة الهائلة في المنطقة وموقعها الاستراتيجي وممرات الشحن الحيوية جعلتها منطقة حيوية للتجارة والتبادل التجاري العالميين.

رأى الغرب ، وخاصة الولايات المتحدة ، إمكانات منطقة البحار الخمسة وأدرك أن السيطرة عليها ستكون حاسمة للحفاظ على هيمنتها الاقتصادية العالمية.

ونتيجة لذلك، لعبوا دورا في تقويض العلاقة السورية التركية وإثارة الصراع في سوريا، من أجل الحصول على سيطرة أكبر على المنطقة.

كانت استراتيجية بشار الأسد وأردوغان لتطوير ساحل سوريا على البحر الأبيض المتوسط كمركز للتجارة معروفة جيدا قبل اندلاع الحرب الأهلية في البلاد.

وربما كان هذا هو ما أشعل الصراع وما تلاه من عدم استقرار سياسي في بلده لإخراج تلك الخطط عن مسارها، تاركا المنطقة في حالة من الفوضى وعدم اليقين.

وقد فتح هذا الفراغ فرصة لدول أخرى في المنطقة للتدخل وتأكيد نفوذها، ولم يكن أي منها أكثر نشاطا من المملكة العربية السعودية.

منطقة البحار الخمسة هي أكثر بكثير من مجرد طاقة. كما أنها مركز مهم للتجارة والتبادل التجاري ، حيث تربط الأسواق الرئيسية في آسيا وأوروبا وأفريقيا. برزت موانئ مثل دبي واسطنبول وبيرايوس كمراكز رئيسية للتجارة ، حيث تتعامل مع ملايين الأطنان من البضائع كل عام.

كانت موارد الطاقة الهائلة في المنطقة، بما في ذلك بعض أكبر احتياطيات النفط والغاز في العالم، محركا رئيسيا للمنافسة الجيوسياسية، حيث تستخدم دول مثل المملكة العربية السعودية وإيران وروسيا صادراتها من الطاقة لإبراز قوتها وتعزيز مصالحها الاستراتيجية.

إن تورط أردوغان في الصراعات المستمرة في سوريا وليبيا قد ساهم في عدم استقرار كبير في المنطقة. كما بدأ السعوديون والإماراتيون حربا ضد اليمن وتسببوا بوضع مهددا للغاية وفوضى في فنائهم الخلفي. بينما هددت القرصنة في البحر الأحمر وخليج عدن ممرات الشحن في المنطقة.

وعلى الرغم من هذه التحديات، كان لدى الأمير محمد بن سلمان رؤيته وسرع خطة للسيطرة على منطقة البحار الخمسة، حيث لا تزال مركزا مهما للتجارة العالمية، مع إمكانات هائلة للنمو والتنمية.

في بداية عام 2023، كان التحول في الاستراتيجية السياسية للأمير محمد بن سلمان واضحا. وأدرك أن حملته العسكرية في اليمن تعوق تحقيق رؤيته للمستقبل. ونتيجة لذلك، اختار نهجا مختلفا لإرساء الاستقرار في المنطقة، وأخذ زمام المبادرة في هذا المسعى.

استفاد بن سلمان من فرصة منطقة البحار الخمسة ونفذ خطة للاستفادة من الطلب المتزايد على الطاقة المتجددة. ومع تحرك العالم نحو مصادر أنظف للطاقة، فإن بلدان المنطقة لديها القدرة على أن تصبح منتجة ومصدرة رئيسية للطاقة المتجددة.

بالنظر إلى الاستثمار المالي الكبير المطلوب وعدم اليقين المحيط بالوضع السياسي والأمني في المنطقة. كان من الضروري أن يأخذ محمد بن سلمان زمام المبادرة ويطفئ جميع الحرائق في المنطقة. نرى الآن أن محمد بن سلمان يقترب من طريقة أردوغان-أوغلو مع 0 صراعات في المنطقة. في حين أن مشروع البحر الأحمر لديه القدرة على تحويل المنطقة، إلا أنه لا يخلو من التحديات.

وخلص الأمير محمد بن سلمان إلى أن الوضع الحالي يشكل تهديدا لتحقيق رؤيته لعام 2030. ونتيجة لذلك، تابع الاتفاق الإيراني السعودي، وسهل عودة سوريا إلى جامعة الدول العربية، ورحب بعودة الأسد إلى المملكة.

وقد قامت دول مثل المملكة العربية السعودية والإمارات العربية المتحدة بالفعل باستثمارات كبيرة في مجال الطاقة المتجددة، ومن المتوقع أن تحذو دول أخرى حذوها في السنوات المقبلة.

ومن المجالات الأخرى للفرص تطوير بنية تحتية جديدة للنقل. تعد موانئ المنطقة بالفعل مراكز رئيسية للتجارة ، ولكن هناك إمكانية لتوسيع وتحسين هذه المرافق للتعامل مع كميات أكبر من البضائع.

وبالإضافة إلى ذلك، يمكن لخطوط النقل الجديدة، مثل الطرق السريعة والسكك الحديدية، أن تزيد من تعزيز الربط بين الأسواق الرئيسية في المنطقة.

تتمتع منطقة البحار الخمسة أيضا بإمكانيات هائلة لتنمية السياحة. التراث الثقافي الغني للمنطقة والمناظر الطبيعية الخلابة ومناطق الجذب ذات المستوى العالمي تجعلها وجهة جذابة للمسافرين من جميع أنحاء العالم. لقد طورت دول مثل تركيا ومصر واليونان بالفعل صناعات سياحية مزدهرة ، ومن المتوقع أن تحذو دول أخرى حذوها.

يهدف مشروع البحر الأحمر، الذي أطلقه ولي عهد السعودي محمد بن سلمان، إلى تطوير ساحل البحر الأحمر في المملكة ليصبح مركزا رئيسيا للتجارة العالمية.

ويشمل نطاق المشروع الطموح إنشاء وجهة سياحية وتجارية جديدة تمتد على أكثر من 10,000 ميل مربع من السواحل والجزر البكر، فضلا عن بناء واحد من أكبر الموانئ في العالم على ساحل البحر الأحمر.

هذه الجهود هي جزء من خطة رؤية المملكة العربية السعودية 2030 الأوسع لتنويع اقتصادها بعيدا عن النفط والغاز ووضع المملكة كلاعب رئيسي في الاقتصاد العالمي.

وعلى الرغم من هذه التحديات، فإن جهود المملكة العربية السعودية لتطوير ساحل البحر الأحمر وتأكيد نفوذها في المنطقة كانت ناجحة حتى الآن. وقد حصلت المملكة على استثمارات كبيرة من الشركاء الدوليين وأحرزت تقدما في بناء الميناء الجديد ومشاريع البنية التحتية الأخرى.

المملكة العربية السعودية ليست الدولة الوحيدة التي تتنافس على النفوذ في المنطقة. كما تستثمر الصين وروسيا بكثافة في المنطقة، سعيا لتأمين وصولهما إلى الموارد والأسواق الحيوية.

كان من المرجح أن تشتد هذه المنافسة على النفوذ والسيطرة على منطقة البحار ال 5 في السنوات المقبلة ، حيث تسعى الدول إلى وضع نفسها كلاعبين رئيسيين في الاقتصاد العالمي ، ولكن مع الاتفاقيات الأخيرة بين الصين والسعوديين والسعوديين مع إيران وسوريا واليمن ، تم وضع الأمور على الطريق الصحيح.

مشروع البحر الأحمر هو مبادرة جريئة لديها القدرة على تحويل منطقة البحار ال 5 ووضع المملكة العربية السعودية كلاعب رئيسي في الاقتصاد العالمي.

كما يواجه المشروع تحديات كبيرة، بما في ذلك عدم الاستقرار السياسي والتهديدات الأمنية والمخاوف البيئية. وسيعتمد نجاح المشروع على قدرة المملكة على مواجهة هذه التحديات وترسيخ مكانتها كشريك مستقر وموثوق للمستثمرين الدوليين والشركاء التجاريين.

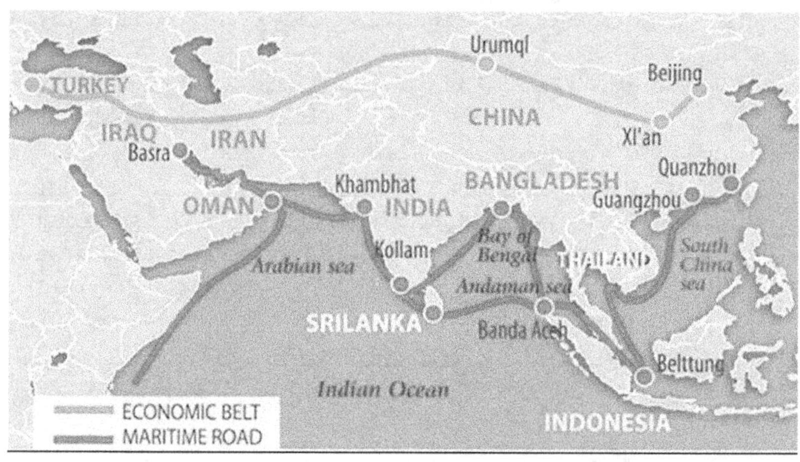

البحر الأبيض المتوسط

يتمتع البحر الأبيض المتوسط ، الذي يطلق عليه غالبا "مهد الحضارة" ، بتاريخ غني من التجارة البحرية يعود إلى آلاف السنين. نلاحظ طبقات من التعقيد والترابط شكلت اقتصادات وثقافات وسياسات الحضارات القديمة.

الأهمية الجغرافية

موقع البحر الأبيض المتوسط عند تقاطع أوروبا وآسيا وأفريقيا جعله مركزا طبيعيا للتجارة البحرية. جعلت مياهها الهادئة ورياحها المواتية من السهل على السفن السفر ، مما سمح للتجار بالذهاب لمسافات طويلة والتواصل مع الأراضي البعيدة.

التأثير الفينيقي

لعب الفينيقيون ، البحارة والتجار المشهورون ، دورا رئيسيا في تطوير طرق التجارة البحرية في البحر الأبيض المتوسط. من وطنهم في لبنان الحالي، أنشأ التجار الفينيقيون مستعمرات ومراكز تجارية حول حوض البحر الأبيض المتوسط، بما في ذلك قرطاج في شمال إفريقيا وقادس في إسبانيا.

سمح لهم إتقانهم للملاحة وبناء السفن بالسيطرة على طرق التجارة البحرية ، ونقل البضائع مثل الأخشاب والنبيذ وزيت الزيتون والمعادن الثمينة.

شبكات التجارة اليونانية والرومانية

قام الإغريق والرومان القدماء بتوسيع التجارة البحرية في البحر الأبيض المتوسط ، وإنشاء شبكات تجارية واسعة النطاق عبر الحوض بأكمله. أصبحت دول المدن اليونانية مثل أثينا وكورنثوس مراكز تجارية صاخبة ، مما سهل تبادل البضائع بين البر الرئيسي لليونان وجزر بحر إيجة وما وراءها.

كثفت الإمبراطورية الرومانية الشاسعة التجارة البحرية ، وربطت المقاطعات النائية من خلال شبكة من الموانئ والطرق البحرية.

السلع والسلع المتداولة

مرت مجموعة واسعة من السلع عبر طرق التجارة في البحر الأبيض المتوسط ، مما يعكس الاقتصادات والثقافات المتنوعة للحضارات القديمة.

كان الطلب على السلع الفاخرة مثل الحرير والتوابل والعاج والمعادن الثمينة مرتفعا بين النخبة ، بينما تم تداول المواد الغذائية الأساسية مثل الحبوب وزيت الزيتون والنبيذ بكميات كبيرة لدعم النمو السكاني.

جلب هذا التبادل للسلع الازدهار الاقتصادي والتبادل الثقافي ، مما أثرى مجتمعات البحر الأبيض المتوسط.

التكنولوجيا البحرية والملاحة

كان التقدم في التكنولوجيا البحرية والملاحة حاسما لنجاح طرق التجارة القديمة في البحر الأبيض المتوسط.

طور بناة السفن تصميمات مبتكرة ، مثل trireme والمطبخ التجاري ، لتلبية احتياجات التجارة البحرية. تسمح تقنيات الملاحة ، بما في ذلك الملاحة الجوية والإرشاد الساحلي ، للبحارة بالتنقل بثقة في البحار المفتوحة ، مما يوسع نطاق طرق التجارة.

التبادل الثقافي والدبلوماسية

وإلى جانب التبادل الاقتصادي، شجعت التجارة البحرية التبادل الثقافي والدبلوماسية بين الحضارات القديمة. كانت مدن الموانئ مراكز عالمية نابضة بالحياة حيث اختلط التجار والبحارة والمسافرون من ثقافات مختلفة وتبادلوا الأفكار وأقاموا تحالفات.

أثرى هذا التبادل الثقافي الفن والعمارة واللغة والدين ، تاركا بصمة دائمة على تراث البحر الأبيض المتوسط.

الإرث والتأثير

لا يزال إرث التجارة البحرية القديمة في البحر الأبيض المتوسط قائما اليوم، مما يشكل ثقافة المنطقة واقتصادها وجيوسياسيتها. تستمر مدن الموانئ والمراكز التجارية التي ازدهرت في العصور القديمة في الازدهار كمراكز نابضة بالحياة للتجارة والسياحة ، مع الحفاظ على آثار ماضيها القديم.

لقد وضع الاعتماد المتبادل الذي نشأ من خلال التجارة الأساس لعولمة التجارة في العصر الحديث، مما يؤكد الأهمية الدائمة للبحر الأبيض المتوسط كمفترق طرق بحري.

يقف البحر الأبيض المتوسط كنصب تذكاري للإرث الدائم لطرق التجارة القديمة ، التي ربطت الحضارات ومكنت من تبادل السلع والأفكار والثقافات عبر العالم القديم.

من خلال استكشاف هذا التاريخ البحري ، نكتسب منظورا قيما حول الترابط بين الحضارات السابقة والتأثير العميق للتجارة على المجتمعات البشرية بمرور الوقت.

البحر الأسود

كان البحر الأسود ، بتاريخه الطويل والثقافات المحيطة المتنوعة ، مركزا محوريا للتجارة البحرية والأعمال التجارية على مر العصور. شكل تراثها الغني من الاكتشافات الأثرية والحضارات القديمة والأهمية الاستراتيجية المشهد الاقتصادي والثقافي للمنطقة لآلاف السنين.

موقع البحر الأسود عند تقاطع أوروبا وآسيا والشرق الأوسط جعله رابطا حيويا في شبكات التجارة القديمة.

تحدها دول مثل تركيا وروسيا وأوكرانيا ورومانيا وبلغاريا ، وكانت بمثابة بوابة بين الشرق والغرب ، تربط البحر الأبيض المتوسط بالداخل الأوراسي الشاسع.

كانت شواطئ البحر الأسود موطنا للمستعمرات اليونانية التي ازدهرت في التجارة البحرية ، وأنشأت مدنا ساحلية مزدهرة مثل بيزنطة وأولبيا وسينوب. كانت هذه المستعمرات محاور حاسمة للتجارة بين العالم اليوناني والموارد الوفيرة للبحر الأسود.

غذت الموارد الطبيعية الوفيرة في منطقة البحر الأسود مثل الأراضي الزراعية والأخشاب ومصايد الأسماك النجاح الاقتصادي. أصبحت منطقة بونتيك حول البحر الأسود مركزا تجاريا رئيسيا ، حيث تصدر الحبوب والأسماك والأخشاب وغيرها من السلع إلى أسواق البحر الأبيض المتوسط ، مما مكن من نمو الحضارات القديمة.

برزت مملكة البوسفور في شبه جزيرة القرم وتامان كقوة سياسية واقتصادية مؤثرة.

أسسها المستعمرون اليونانيون ، وريطت العالم اليوناني بالقبائل السكيئية والسارماتية ، مما عزز التبادل الثقافي الذي أثرى فن البحر الأسود وهندسته المعمارية ولغته ودينه.

كشفت الاكتشافات الأثرية تحت الماء عن حطام السفن القديمة والموانئ والمستوطنات المحفوظة جيدا ، وكشفت عن الطرق البحرية والشبكات التجارية والتفاعلات الثقافية في منطقة البحر الأسود القديمة. توفر هذه الاكتشافات رؤى قيمة لتراثها البحري.

اليوم ، لا يزال البحر الأسود مهما للتجارة البحرية العالمية ، حيث تعمل الموانئ الحديثة مثل اسطنبول وأوديسا وكونستانتا كمراكز رئيسية للتجارة والنقل. ومع ذلك ، فإن تحديات مثل الأضرار البيئية والصيد الجائر والتوترات الجيوسياسية تهدد استدامتها الاقتصادية والبيئية.

يكشف استكشاف البحر الأسود عن تاريخ آسر للتجارة البحرية القديمة والتبادل الثقافي والأهمية الاستراتيجية. يوفر فحص تراثها الغني فهما مهما لكيفية تشكيل الحضارات المترابطة والتجارة البحرية لمنطقة البحر الأسود على مر القرون.

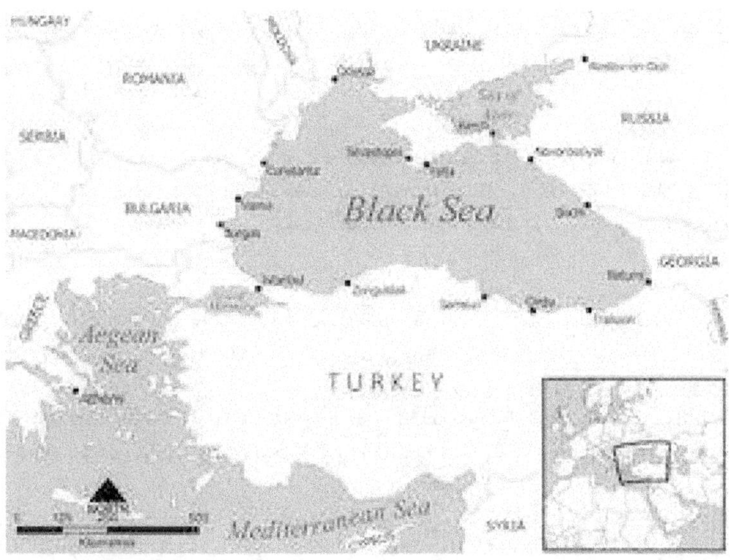

بحر قزوين

يكشف الخوض في التاريخ عن بحر قزوين كمفترق طرق حيوي للتجارة والتبادل الثقافي والنشاط البحري في العصور القديمة. يحدها خمس دول - روسيا وإيران وكازاخستان وتركمانستان وأذربيجان - كان بحر قزوين مهدا للحضارة ، حيث رعى نمو المجتمعات القديمة وسهل تبادل السلع والأفكار بين الثقافات المتنوعة.

مع مساحة شاسعة تبلغ 143000 ميل مربع ، يعد بحر قزوين أكبر مسطح مائي داخلي في العالم ، ويتميز بميزات جغرافية فريدة وتنوع بيئي.

موقعها الاستراتيجي على خطوة أوروبا وآسيا جعلها حلقة وصل حاسمة في طريق الحرير التجاري القديم ، الذي يربط الحضارات الشرقية والغربية.

كان الساحل الخصب لبحر قزوين موطنا للعديد من الحضارات القديمة المزدهرة مثل جيلان وميرف وديرينت. كانت هذه المستوطنات مراكز مزدهرة للتجارة والتبادل التجاري ، تربط بين بلاد ما بين النهرين وبلاد فارس وآسيا الوسطى.

مكن بحر قزوين من تبادل السلع مثل الحرير والتوابل والمعادن الثمينة والمنتجات الزراعية ، مما أدى إلى ازدهار المجتمعات القديمة.

لعب بحر قزوين دورا محوريا في شبكة طريق الحرير التجارية القديمة التي سهلت التبادل بين الصين وآسيا الوسطى والشرق الأوسط وأوروبا.

كانت القوافل التي تسافر على طريق الحرير تحمل الحرير والتوابل والخزف وغيرها من البضائع إلى موانئ بحر قزوين ، حيث يتم شحنها إلى الأسواق البعيدة. عزز هذا الطريق التجاري العابر للقارات التبادل الثقافي والابتكار والنمو الاقتصادي عبر أوراسيا.

وقال إن بحر قزوين بوتقة تنصهر فيها الثقافات واللغات، حيث تتفاعل الشعوب المتنوعة وتتبادل الأفكار. تركت الحضارات القديمة مثل البارثيين والصغديانيين والخزر بصماتها على المنطقة ، مما أثرى تراثها الثقافي. أصبح بحر قزوين مركزا للتعلم ، حيث جذب العلماء والتجار والمسافرين لتبادل المعرفة والمعتقدات والعادات.

كشفت البعثات الأثرية الأخيرة والمسوحات تحت الماء عن القطع الأثرية وحطام السفن والمستوطنات المغمورة على طول شواطئ بحر قزوين.

توفر هذه الاكتشافات نظرة ثاقبة لطرق التجارة البحرية القديمة وطرق الملاحة وتقنيات الملاحة البحرية. يواصل الباحثون كشف التراث البحري لبحر قزوين ، وإلقاء الضوء على دوره في الحضارة الإنسانية.

اليوم ، لا يزال بحر قزوين شريانا مهما للتجارة والنقل ، مع مدن الموانئ الحديثة مثل باكو وأستراخان وتركمانباشي كمراكز اقتصادية. ومع ذلك، تواجه المنطقة تحديات مثل التدهور البيئي والصيد الجائر والتوترات الجيوسياسية التي تهدد بيئتها واستقرارها.

إن معالجة هذه القضايا وتعزيز التنمية المستدامة يمكن أن يساعد في الكشف عن الإمكانات الكاملة لبحر قزوين كبوابة للازدهار.

يكشف بحر قزوين عن تاريخ غني من التجارة القديمة والتبادل الثقافي والاستكشاف البحري. يوفر فحص تراثها الأثري وجهات نظر قيمة حول قيمة التأثير الدائم للتجارة البحرية في تشكيل المناظر الطبيعية الاقتصادية والثقافية لمنطقة بحر قزوين.

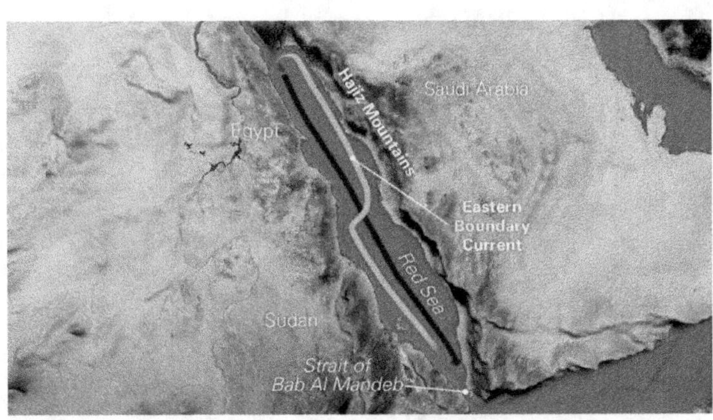

البحر الأحمر

لطالما كان البحر الأحمر ممرا بحريا حاسما يربط الحضارات في إفريقيا والشرق الأوسط وآسيا. موقعها المتميز الذي يربط بين ثلاث قارات جعلها مركزا للتجارة والتبادل الثقافي في العصور القديمة. أبحر البحارة من فينيقيا واليونان وروما ومصر وخارجها في مياهها بحثا عن الثروة والمغامرة والحدود الجديدة.

كان أحد أشهر طرق التجارة القديمة هو طريق البخور الممتد على البحر الأحمر. قوافل محملة باللبان والمر والبضائع الغريبة الثمينة من المدن القديمة في شبه الجزيرة العربية إلى موانئ مصر والبحر الأبيض المتوسط. غذت هذه التجارة العابرة للقارات ازدهار الإمبراطوريات وعززت التبادل الثقافي في جميع أنحاء المنطقة.

مع مرور الوقت، ظهرت إمبراطوريات بحرية قوية تسعى للسيطرة على طرق البحر الأحمر المربحة. من المصريين والبطالمة إلى المماليك والعثمانيين ، تنافست السلالات على الهيمنة ، وأنشأت بؤرا تجارية وحصونا ومستوطنات على طول السواحل. وسعت هذه القوى البحرية نفوذها إلى ما هو أبعد من حدودها، وشكلت مسار التاريخ الإقليمي.

كما شكل البحر الأحمر العديد من المخاطر. كانت القرصنة والغارات تهديدات مستمرة للسفن التجارية. أصبحت ملاذات القراصنة مثل سواكن ومصوع سيئة السمعة ، مما أدى إلى تعطيل التجارة. وظلت السيطرة على القرصنة تشكل تحديا مستمرا للقوى البحرية.

واليوم، لا يزال البحر الأحمر شريانا تجاريا عالميا حيويا مع ممرات شحن حديثة تربط أوروبا وآسيا وأفريقيا. تتعامل الموانئ الرئيسية مثل جدة وجيبوتي وبورتسودان مع ملايين الأطنان من البضائع سنويا ، مما يسهل تجارة النفط والمعادن والسلع المصنعة.
وقد نمت أهميتها الاستراتيجية مع توسع قناة السويس وطرق الشحن الجديدة.

يشهد البحر الأحمر على الإرث البحري الدائم للتجارة والاستكشاف. من العصور القديمة إلى الحديثة ، كانت بمثابة قناة حيوية للتجارة والثقافة والاتصال.

بحر العرب/البحر الفارسي

تنقلنا ملاحتنا عبر الخليج العربي / الفارسي المتلألئ عبر التاريخ الغني للتجارة والتبادل الثقافي الذي حدد هذه المنطقة البحرية المهمة على مر العصور. يمتد الخليج من مضيق هرمز في الشمال إلى شبه الجزيرة العربية في الجنوب ، وقد خدم منذ فترة طويلة كمركز ديناميكي يربط الحضارات في الشرق الأوسط وجنوب آسيا وخارجها.

دعونا نسافر حول التاريخ الرائع والأهمية الدائمة لهذا الممر المائي الحيوي.

مركز التجارة القديمة:

نظرا لموقعه الاستراتيجي على مفترق الطرق بين الشرق والغرب ، كان الخليج مركزا للتجارة البحرية منذ العصور القديمة. اعتمدت الحضارات القديمة مثل بلاد ما بين النهرين ووادي السند وبلاد فارس على شبكة الخليج الواسعة من الموانئ للانخراط في التجارة مع الأراضي البعيدة.

تدفقت مجموعة متنوعة من السلع من التوابل إلى المنسوجات واللؤلؤ إلى المعادن الثمينة عبر طرق التجارة المزدحمة في الخليج ، مما أدى إلى إثراء الاقتصادات الإقليمية والبعيدة على حد سواء.

التوابل والإمبراطوريات البحرية:

كان أحد طرق التجارة القديمة المربحة للغاية هو تجارة التوابل ، التي تربط الأسواق في شبه القارة الهندية بالبحر الأبيض المتوسط. دفعت التوابل ذات القيمة العالية مثل الفلفل والقرفة والقرنفل توسع القوى البحرية مثل البرتغال وهولندا وبريطانيا.

أنشأت هذه الإمبراطوريات مراكز تجارية وحصونا على طول الخليج ، تتنافس للسيطرة على تجارة التوابل المربحة والممرات المائية الاستراتيجية.

اللؤلؤ والقراصنة والموانئ

لطالما اشتهر الخليج بمصائد اللؤلؤ الوفيرة ، مما يجذب التجار والمغامرين في جميع أنحاء العالم. ازدهرت موانئ صيد اللؤلؤ مثل دبي والبحرين وقطر خلال ذروة تجارة اللؤلؤ ، لتصبح مراكز للتجارة والثقافة. ومع ذلك، ابتليت منطقة الخليج أيضا بالقرصنة والغارات، مما شكل تهديدات مستمرة للسفن والمجتمعات الساحلية. وظلت السيطرة على القرصنة تشكل تحديا مستمرا للقوى البحرية.

النفط والثروة والعولمة

في القرن الـ20، أدى اكتشاف احتياطيات نفطية ضخمة في شبه الجزيرة العربية إلى تحويل الخليج اقتصاديا. أصبحت دول الخليج مثل المملكة العربية السعودية والكويت والإمارات العربية المتحدة وقطر عمالقة عالميين في مجال الطاقة، وتتمتع بنفوذ كبير في أسواق النفط. غذت دولارات البترودولار التنمية السريعة ، وحولت مدن الصيد الصغيرة إلى عواصم متلألئة.

أصبح الخليج شريانا تجاريا عالميا حيويا، حيث تعبر ناقلات النفط إلى الأسواق العالمية.

التبادل الثقافي والتواصل

وبعيدا عن الاقتصاد، لطالما كان الخليج بوتقة انصهار ثقافي بسبب موانئه العالمية ومراكزه التجارية حيث تفاعلت شعوب متنوعة.

شكل هذا التبادل الثقافي الغني مطبخ المنطقة وهندستها المعمارية وعاداتها، مما خلق فسيفساء المجتمعات الخليجية الحديثة.

الحفاظ على إرث بحري

وبالنظر إلى المستقبل، من الضروري الحفاظ على التراث البحري الخليجي من خلال علم الآثار والمتاحف وسفن المراكب الشراعية التقليدية، وتقديم نظرة ثاقبة للحضارات القديمة.

لقد جعل الإرث الدائم للتجارة البحرية الخليج قناة حيوية للتجارة والثقافة والاتصال عبر التاريخ. من خلال استكشاف ماضيها والحفاظ على تراثها ، نرسم مسارا نحو مستقبل أكثر إشراقا لهذا الجسم المائي الأسطوري وشعبه.

استكشاف طرق التجارة البرية

بينما نركب في رحلة استكشافية عبر التاريخ ، ندرك الشبكة المعقدة من طرق التجارة البرية التي ربطت الحضارات عبر القارات لآلاف السنين.

من طريق الحرير الشهير إلى الطرق السريعة الحديثة للتجارة ، كانت هذه الطرق البرية محورية في تشكيل المناظر الطبيعية الاقتصادية والثقافية والسياسية في العالم.

كان طريق الحرير أشهر شبكة من طرق التجارة القديمة التي تربط الشرق والغرب. امتد طريق الحرير من الصين إلى البحر الأبيض المتوسط ، ومكن من تبادل السلع والأفكار والثقافة بين الإمبراطوريات العظيمة في روما وبلاد فارس والهند والصين.

سمي على اسم الحرير الصيني الثمين الذي كان مطلوبا للغاية ، سهل طريق الحرير تجارة التوابل والمنسوجات والمعادن الثمينة والتقنيات التي حولت المجتمعات على طول طريقه.

بالإضافة إلى طريق الحرير ، كانت الطرق البرية مثل طرق التوابل قنوات حاسمة للتجارة العالمية. عبر الشرق الأوسط وآسيا الوسطى وأفريقيا ، مكنت هذه الطرق تجارة التوابل المربحة ، بما في ذلك الفلفل والقرفة والقرنفل وجوزة الطيب.

كان الطلب على هذه التوابل الغربية مرتفعا في أوروبا ، حيث جلبت أسعارا باهظة وغذت صعود القوى البحرية مثل البرتغال وهولندا وبريطانيا.

عبر الصحراء الكبرى الشاسعة ، ربطت الطرق العابرة للصحراء إمبراطوريات غرب إفريقيا بشمال إفريقيا والبحر الأبيض المتوسط. تحدت القوافل المحملة بالذهب والعاج والملح والعبيد الصحراء القاسية ، وأقامت روابط اقتصادية وثقافية بين ممالك غرب إفريقيا مثل غانا ومالي وسونغاي والتجار العرب والبربر. نشرت طرق التجارة هذه الإسلام والمعرفة حيث سافر التجار المسلمون عبر الصحراء.

كان الطريق البري الحيوي الآخر هو طريق البخور الذي يربط شبه الجزيرة العربية بالشرق الأدنى القديم والبحر الأبيض المتوسط. سمي على اسم راتنجات البخور الثمينة مثل اللبان والمر ، سهل هذا الطريق تجارة التوابل والعطور والمنسوجات والمعادن الثمينة.

أثرى طريق البخور ممالك مثل سبأ وأسس الجزيرة العربية كمركز للتجارة.

في حين تلاشت العديد من الطرق القديمة ، يستمر إرثها في طرق الحرير الحديثة مثل السكك الحديدية عبر سيبيريا ، والجسر البري الأوراسي ، ومبادرة الحزام والطريق الصينية.

تهدف هذه المشاريع الطموحة إلى إحياء وتوسيع طرق التجارة الأوراسية القديمة ، مما يبشر بعصر العولمة المتزايدة والتكامل الاقتصادي.

طريق الحرير

يقف طريق الحرير كشهادة على الروح الدائمة للمساعي الإنسانية ، وهي شبكة تاريخية من طرق التجارة التي اجتازت مسافات شاسعة ، وربطت حضارات الشرق والغرب. يمكن إرجاع أصولها إلى عهد أسرة هان الصينية ، حوالي عام 130 قبل الميلاد ، عندما أرسل الإمبراطور وو دي مبعوثين إلى آسيا الوسطى بحثا عن حلفاء ضد بدو شيونغنو.

كانت هذه الحملة بمثابة بداية رحلة رائعة من شأنها أن تغير مجرى التاريخ.

التجارة على طول طريق الحرير

في أوجها ، امتد طريق الحرير لأكثر من 6400 كيلومتر ، وربط الصين بعالم البحر الأبيض المتوسط من خلال شبكة من الطرق البرية والبحرية.

كانت السلع الأساسية المتداولة على طول طريق الحرير هي الحرير والتوابل والمعادن الثمينة والأحجار الكريمة والمنسوجات والسيراميك الغريبة.

لم تغذي هذه السلع التبادل الاقتصادي فحسب ، بل سهلت أيضا نقل الأفكار والأديان والتقنيات والثقافات بين الشرق والغرب.

كان الحرير ، السلعة الأكثر قيمة في طريق الحرير ، مرغوبا للغاية في الغرب بسبب قوامه الفاخر وألوانه النابضة بالحياة.

تم إنتاج الحرير حصريا في الصين ، وأصبح رمزا للثروة والمكانة والسلطة بين النخب الحاكمة في روما وبلاد فارس وبيزنطة. في مقابل الحرير ، تلقت الصين الخيول والعاج والأواني الزجاجية والذهب والفضة وغيرها من السلع الفاخرة من الغرب.

التبادل الثقافي على طول طريق الحرير

وإلى جانب دوره كقناة للتجارة، أثار طريق الحرير تبادلا ثقافيا ثريا وتفاعلا بين الشعوب والحضارات المتنوعة على طول طريقه. الرهبان البوذيون والعلماء المسلمون والمبشرون المسيحيون والتجار والمسافرون على طول طريق الحرير ، يتبادلون الأفكار والمعتقدات واللغات والتقاليد الفنية.

كان أحد أكثر موروثات طريق الحرير ديمومة هو انتشار البوذية من الهند إلى الصين وخارجها. سافر الرهبان البوذيون على طول طريق الحرير ، وأنشأوا الأديرة ، وستوبا ، ومعابد الكهوف على طول الطريق.

كانت هذه المواقع الدينية بمثابة مراكز للعبادة والتعلم والتعبير الفني ، حيث تضم منحوتات ولوحات وكتب مقدسة رائعة تعكس مزيجا توفيقيا من المعتقدات البوذية والهندوسية والأصلية.

بالإضافة إلى البوذية ، سهل طريق الحرير انتشار الديانات الأخرى ، بما في ذلك الإسلام والمسيحية والزرادشتية والمانوية. تنتشر المساجد والكنائس والمعابد اليهودية ومعابد النار على طول طريق الحرير ، لتكون بمثابة منارات للإيمان والتنوع الثقافي.

الابتكار التكنولوجي على طول طريق الحرير

لم يكن طريق الحرير قناة لتبادل السلع والأفكار فحسب ، بل كان أيضا حافزا للابتكار التكنولوجي والتقدم العلمي. انتشرت الاختراعات الصينية مثل صناعة الورق والطباعة والبارود والبوصلة إلى الغرب عبر طريق الحرير ، مما أدى إلى تغيير الطريقة التي يعيش بها الناس ويعملون ويتواصلون.
وبالمثل ، وجدت الابتكارات من الغرب ، مثل صناعة الزجاج والمعادن وتقنيات الري والأساليب المعمارية ، طريقها إلى الشرق عبر طريق الحرير.
أثرت هذه التبادلات التكنولوجية حياة الناس على طول طريق الحرير ، واعتمدت الازدهار الاقتصادي والتنمية الاجتماعية والإبداع الثقافي.

تراجع طريق الحرير

يمكن أن يعزى تراجع طريق الحرير إلى عوامل مختلفة ، بما في ذلك صعود طرق التجارة البحرية ، وسقوط الإمبراطوريات ، وانتشار الأمراض ، وظهور مراكز تجارية جديدة.

مع ظهور عصر الاستكشاف واكتشاف الطرق البحرية إلى آسيا ، حلت التجارة البحرية محل التجارة البرية باعتبارها الطريقة المفضلة للتجارة بين الشرق والغرب.

في حين أن طريق الحرير المادي ربما يكون قد تلاشى في الغموض ، إلا أن إرثه يعيش في الروابط الدائمة بين شعوب وحضارات أوراسيا.

واليوم، يتم إحياء روح طريق الحرير من خلال مبادرات مثل مبادرة الحزام والطريق الصينية، التي تسعى إلى تعزيز التعاون الاقتصادي وتطوير البنية التحتية والتبادل الثقافي على طول طرق طريق الحرير التاريخية.

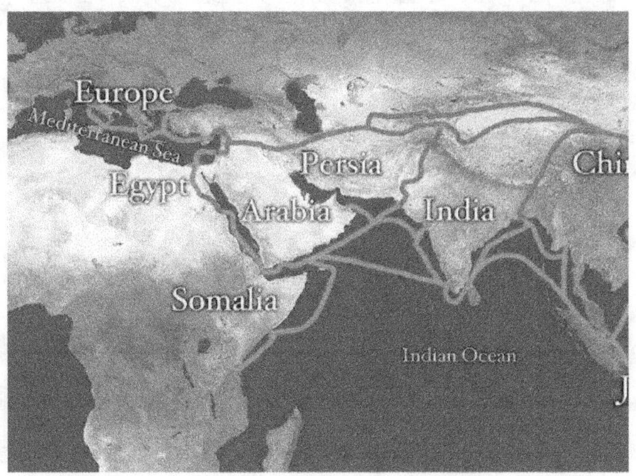

طرق التوابل

كانت طرق التوابل ، والمعروفة أيضا باسم تجارة التوابل ، شبكة من طرق التجارة البحرية والبرية التي سهلت تبادل التوابل والأعشاب والسلع الثمينة الأخرى بين آسيا وأوروبا وأفريقيا. على مدى قرون ، لعبت Spice Routes دورا محوريا في تشكيل تاريخ العالم ، ودفع الاستكشاف والاستعمار والتبادل الثقافي عبر القارات.

أصول تجارة التوابل

يمكن إرجاع أصول تجارة التوابل إلى العصور القديمة عندما كانت التوابل مثل القرفة والفلفل والقرنفل وجوزة الطيب والزنجبيل تحظى بتقدير كبير لخصائصها الطهوية والطبية والحافظة.

كانت هذه التوابل الغريبة موطنها مناطق مثل جنوب شرق آسيا والهند والشرق الأوسط وشرق إفريقيا ، حيث تم زراعتها وحصادها وتداولها بين المجتمعات المحلية.

طرق التوابل البحرية

ظهرت طرق التوابل البحرية كوسيلة أساسية لنقل التوابل من مناطق مصدرها إلى الأسواق البعيدة في أوروبا وخارجها.

كانت الحضارات القديمة مثل المصريين والفينيقيين والإغريق والرومان من أوائل المشاركين في تجارة التوابل ، حيث استوردت التوابل من الشرق عبر الطرق البحرية عبر البحر الأحمر وبحر العرب والمحيط الهندي.

خلال فترة العصور الوسطى ، أدى صعود الإمبراطوريات القوية مثل الإمبراطورية البيزنطية والخلافة العباسية والإمبراطورية العثمانية إلى تحفيز الطلب على التوابل في أوروبا ، مما أدى إلى إنشاء شبكات تجارية مربحة تربط بين الشرق والغرب.

لعب التجار العرب دورا مركزيا في تسهيل التجارة على طول طرق التوابل البحرية ، حيث قاموا بالإبحار بالمراكب الشراعية المحملة بالتوابل والمنسوجات والسيراميك والمعادن الثمينة عبر المحيط الهندي وبحر العرب.

عصر الاستكشاف وجزر التوابل

بشر عصر الاستكشاف الأوروبي في القرنين 15 و 16th بعصر جديد من الاستكشاف والاكتشاف البحري ، مدفوعا جزئيا بالرغبة في إيجاد طرق بحرية بديلة للأراضي الغنية بالتوابل في آسيا.

رسم المستكشفون البرتغاليون مثل فاسكو دا جاما وفرديناند ماجلان طرقا بحرية جديدة حول إفريقيا وعبر المحيط الأطلسي ، مما فتح وصولا مباشرا إلى جزر التوابل في جنوب شرق آسيا.

كانت جزر التوابل ، المعروفة أيضا باسم جزر الملوك أو جزر مالوكو ، مركز تجارة التوابل العالمية ، حيث أنتجت التوابل المرغوبة مثل القرنفل وجوزة الطيب والصولجان. تنافست القوى الأوروبية ، بما في ذلك البرتغال وإسبانيا وهولندا وإنجلترا ، للسيطرة على هذه المناطق المربحة المنتجة للتوابل ، مما أدى إلى منافسة شرسة وصراع واستعمار في المحيط الهندي وجنوب شرق آسيا.

تأثير تجارة التوابل

كان لتجارة التوابل عواقب بعيدة المدى على اقتصادات ومجتمعات وثقافات المناطق المعنية.
كانت التوابل سلعا ذات قيمة عالية ، حيث كانت أسعارها باهظة في الأسواق الأوروبية وغذت نمو شبكات
التجارة والمؤسسات المالية والإمبراطوريات الاستعمارية.

كما حفز البحث عن التوابل الابتكارات التكنولوجية في الملاحة وبناء السفن ورسم الخرائط ، مما وضع
الأساس للاستكشاف البحري والعولمة في المستقبل.

إرث طرق التوابل

على الرغم من أن Spice Routes انخفضت تدريجيا مع ظهور طرق تجارية جديدة وتطوير تقنيات النقل
الحديثة ، إلا أن إرثها يستمر في تقاليد الطهي والتبادلات الثقافية والروابط العالمية التي عززتها.

اليوم ، لا تزال التوابل تلعب دورا مركزيا في المطبخ العالمي ، حيث تضيف النكهة والرائحة والتنوع إلى
الأطباق في جميع أنحاء العالم.

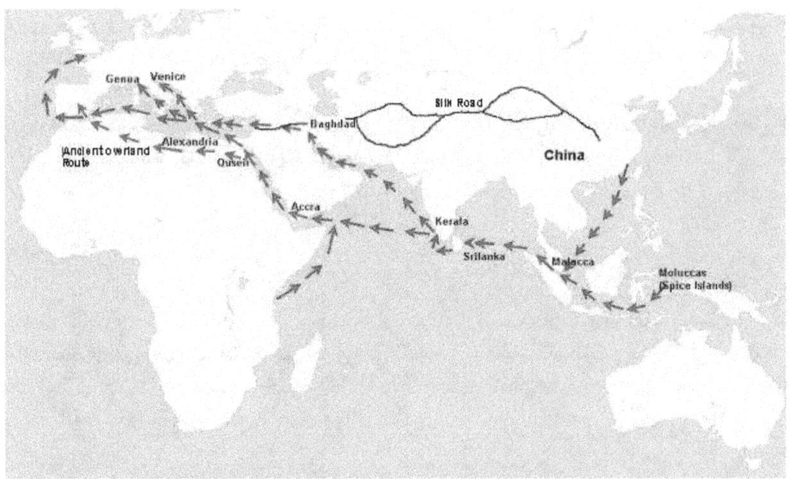

طرق التجارة عبر الصحراء

كانت طرق التجارة عبر الصحراء الكبرى عبارة عن شبكة من طرق التجارة القديمة التي اجتازت الامتداد الشاسع للصحراء الكبرى ، وربطت ساحل البحر الأبيض المتوسط في شمال إفريقيا بمنطقة الساحل وممالك غرب إفريقيا.

وسهلت طرق التجارة هذه، التي تمتد لآلاف الأميال، تبادل السلع والأفكار والثقافات بين شمال أفريقيا والشرق الأوسط وأفريقيا جنوب الصحراء الكبرى، وشكلت المناظر الطبيعية الاقتصادية والاجتماعية والثقافية في المنطقة.

الأصول والتطور

يمكن إرجاع أصول طرق التجارة عبر الصحراء الكبرى إلى العصور القديمة ، مع ظهور روابط تجارية مبكرة بين الشعوب البربرية في شمال إفريقيا والشعوب الأصلية في منطقتي الساحل والصحراء.

في البداية ، اقتصرت التجارة عبر الصحراء على شبكات التبادل المحلية ، حيث تم تداول سلع مثل الملح والذهب والعاج والعبيد بين الواحات الصحراوية والمدن التجارية.

ومع ذلك ، فإن توسع الحضارة الإسلامية في شمال إفريقيا والشرق الأوسط خلال فترة العصور الوسطى سهل تطوير طرق التجارة لمسافات طويلة عبر الصحراء.

لعب التجار المسلمون، المعروفون باسم البربر أو الطوارق، دورا مركزيا في تنظيم وإدارة القوافل التجارية التي تتقاطع مع الصحراء، وتربط أسواق شمال إفريقيا بأسواق الساحل وما وراءها.

السلع التجارية الرئيسية

سهلت طرق التجارة عبر الصحراء تبادل مجموعة واسعة من السلع بين شمال إفريقيا وغرب إفريقيا. كان الملح ، المستخرج من أحواض الملح الصحراوية في الصحراء ، أحد أكثر السلع قيمة التي يتم تداولها على طول هذه الطرق. كان الملح ضروريا لحفظ الطعام وكان يحظى بتقدير كبير من قبل شعوب غرب إفريقيا ، الذين تبادلوا الذهب والعاج والسلع الأخرى مقابل ذلك.

كان الذهب سلعة رئيسية أخرى يتم تداولها على طول الطرق العابرة للصحراء ، حيث جذبت مناجم الذهب الأسطورية في غرب إفريقيا التجار من جميع أنحاء الصحراء. وشملت السلع الأخرى المتداولة العاج والعبيد والمنسوجات والنحاس والسلع الكمالية مثل السيراميك والأواني الزجاجية والمجوهرات.

طرق التجارة والكرفانات

شملت طرق التجارة عبر الصحراء الكبرى العديد من الممرات التجارية الرئيسية ، بما في ذلك طرق القوافل التي تربط مدن شمال إفريقيا بمدن الساحل ومناطق السافانا في غرب إفريقيا.

تميزت هذه الطرق بسلسلة من الواحات والآبار والمراكز التجارية التي وفرت الموارد الأساسية مثل الماء والغذاء والمأوى للقوافل المتنقلة.

كانت القوافل التجارية تتكون عادة من مئات أو حتى آلاف الجمال المحملة بالسلع للتجارة. ظهرت القوافل ، أو المستوطنات التجارية ، على طول طرق التجارة ، لتكون بمثابة مراكز للتجارة والدبلوماسية والتبادل الثقافي.

أصبحت هذه المستوطنات مراكز نشاط حيوية ، حيث جذبت التجار والعلماء والمسافرين من جميع أنحاء المنطقة.

التبادل الثقافي والتأثير

لم تسهل طرق التجارة عبر الصحراء تبادل السلع فحسب ، بل سهلت أيضا نشر الأفكار والأديان والممارسات الثقافية. انتشر الإسلام، الذي أدخله التجار والعلماء المسلمون الذين يسافرون على طول هذه الطرق إلى غرب أفريقيا، بسرعة في جميع أنحاء المنطقة، وشكل الهوية الدينية والثقافية للعديد من مجتمعات غرب أفريقيا.

بالإضافة إلى الدين ، سهلت التجارة عبر الصحراء الكبرى أيضا تبادل اللغات والموسيقى والفن والأساليب المعمارية بين شمال إفريقيا وغرب إفريقيا. أصبحت المدن الأسطورية تمبكتو وغاو وجن في غرب إفريقيا مراكز شهيرة للتعلم والمنح الدراسية ، حيث جذبت العلماء والطلاب من جميع أنحاء العالم الإسلامي.

الإرث والانحدار

وصلت طرق التجارة عبر الصحراء الكبرى إلى ذروتها خلال فترة العصور الوسطى ، مع ازدهار التجارة بين القرنين 8 و 16. ومع ذلك ، مع ظهور طرق التجارة البحرية الجديدة واستعمار أفريقيا من قبل القوى الأوروبية ، انخفضت أهمية الطرق العابرة للصحراء تدريجيا.

اليوم ، يستمر إرث طرق التجارة عبر الصحراء الكبرى في التنوع الثقافي والتراث التاريخي والروابط الاقتصادية الموجودة بين شعوب شمال إفريقيا و غرب أفريقيا.

طريق البخور

كان طريق البخور شبكة قديمة من المسارات التجارية التي تربط شبه الجزيرة العربية بمنطقة البحر الأبيض المتوسط. يمتد هذا الطريق على مسافة تزيد عن 2000 ميل ، وقد مكن من تجارة السلع الثمينة مثل التوابل والعطور والسلع الفاخرة ، وتشكيل الاقتصادات والثقافات والسياسة في العالم القديم.

الأصول والنمو

يعود تاريخ التجارة بين الحضارات العربية والمتوسطية إلى العصر البرونزي ، لكنها ازدهرت خلال صعود الإمبراطوريات القديمة مثل بلاد ما بين النهرين ومصر وبلاد الشام.

أنتجت شبه الجزيرة العربية ، وخاصة عمان واليمن الحديثة ، راتنجات مرغوبة مثل اللبان والمر والتوابل ، والتي كان الطلب عليها مرتفعا للطقوس الدينية والتحنيط والعطور.

السلع المتداولة الرئيسية

كان الطريق يتاجر في المقام الأول بالراتنجات العطرية مثل اللبان من أشجار Boswellia والمر من أشجار Commiphora. تم استخدام هذه البخور والعطور والأدوية. وشملت الأشياء الثمينة الأخرى التوابل مثل القرفة والأحجار الكريمة والمنسوجات والمعادن الغريبة.

مسارات التجارة والكرفانات

ربطت الشبكة مراكز الإنتاج العربية بموانئ البحر الأحمر والبحر الأبيض المتوسط عبر طرق برية متعددة مترابطة تجتازها قوافل الجمال.

ربط "طريق التوابل" الشهير جنوب شبه الجزيرة العربية بمدينة البتراء في الأردن ، حيث تم شحن البضائع إلى موانئ البحر الأبيض المتوسط مثل الإسكندرية.

التبادل الثقافي

بالإضافة إلى البضائع ، سهل طريق البخور تبادل الأفكار والتقنيات والأديان واللغات والتقاليد الفنية بين الحضارات العربية والأفريقية والمتوسطية. أصبحت المدن التجارية مراكز عالمية حيث اختلطت الثقافات المتنوعة.

الإرث والانحدار

ازدهر الطريق خلال ذروة مصر القديمة وبلاد ما بين النهرين وروما عندما بلغ الطلب ذروته. ولكن مع سقوط هذه الإمبراطوريات وظهور طرق جديدة مثل طريق الحرير ، انخفض طريق البخور تدريجيا. يستمر إرثها الثقافي من خلال المواقع والمعالم الأثرية في جميع أنحاء شبه الجزيرة العربية والبحر الأبيض المتوسط.

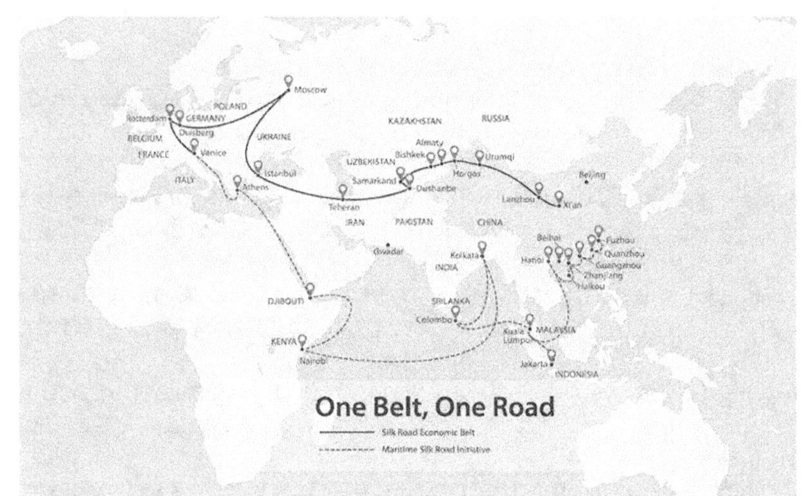

Moscow
POLAND
Rotterdam
GERMANY
Duisberg
BELGIUM
UKRAINE
FRANCE
Venice
ITALY
Istanbul
Athens
KAZAKHSTAN
RUSSIA
Almaty
Bishkek
Urumqi
UZBEKISTAN
Samarkand
Dushanbe
Horgos
Beijing
Teheran
Lanzhou
Xi'an
IRAN
PAKISTAN
CHINA
Gwadar
Kolkata
Belhai
Fuzhou
INDIA
Hanoi
Quanzhou
Guangzhou
Zhanjiang
Haikou
DJIBOUTI
SRILANKA
Colombo
Kuala
Lumpur
MALAYSIA
KENYA
Nairobi
Jakarta
INDONESIA
One Belt, One Road
Silk Road Economic Belt
Maritime Silk Road Initiative

طرق الحرير الحديثة

مبادرة الحزام والطريق، المعروفة أيضا باسم طريق الحرير الحديث، هي شبكة ضخمة من طرق التجارة ومشاريع البنية التحتية التي تهدف إلى ربط آسيا بأوروبا وأفريقيا وما وراءهما.

وتسعى مبادرة الحزام والطريق، التي تقودها الصين، إلى إعادة تأسيس مسارات طريق الحرير التجارية التاريخية وتشجيع التعاون الاقتصادي والنمو بين الدول المشاركة.

باعتبارها واحدة من أكثر الخطط طموحا وبعيدة المدى في القرن 21st ، يحمل طريق الحرير الحديث آثارا عميقة على التجارة الدولية والاتصال والديناميكيات الجيوسياسية.

يسعى طريق الحرير الحديث في جوهره إلى تحسين الاتصال بين المناطق من خلال تطوير البنية التحتية والاتفاقيات التجارية وجهود الاستثمار.

وتشمل الخطة مشاريع متنوعة مثل بناء الطرق والسكك الحديدية والموانئ وخطوط الأنابيب وشبكات الاتصالات، بالإضافة إلى تطوير الممرات الاقتصادية ومناطق التجارة الحرة.

وتهدف مشاريع البنية التحتية هذه إلى تسهيل حركة السلع والخدمات ورأس المال والأشخاص عبر الحدود، وخفض نفقات النقل، وتعزيز الوصول إلى الأسواق، ودفع التوسع الاقتصادي والتقدم في البلدان المشاركة.

ومن خلال تحسين الاتصال، يهدف طريق الحرير الحديث إلى فتح فرص جديدة للتجارة والاستثمار والتعاون.

أحد الأهداف الرئيسية لطريق الحرير الحديث هو تشجيع التعاون الاقتصادي والتقدم عبر المناطق. ومن خلال الاستثمار في البنية التحتية وتعزيز العلاقات التجارية والاستثمارية، تسعى الخطة إلى تحفيز النمو الاقتصادي، والحد من الفقر، وزيادة الرخاء العام في الدول المشاركة.

ومن خلال مبادرة الحزام والطريق، أصبحت الصين مستثمرا رئيسيا وشريكا تجاريا لدول في جميع أنحاء آسيا وأفريقيا وأوروبا، حيث توفر التمويل والتكنولوجيا والخبرة لمشاريع البنية التحتية والتنمية. وهذه الاستثمارات لديها القدرة على تحويل الاقتصادات، وتوليد فرص العمل، ورفع مستويات المعيشة، مع فتح أسواق وفرص تجارية جديدة للشركات الصينية.

يحمل طريق الحرير الحديث آثارا جيوسياسية كبيرة ، حيث يعيد تشكيل المشهد الجيوسياسي لأوراسيا وخارجها. وتلقت الخطة مزيجا من الحماس والتشكيك على الصعيد الدولي، حيث تعتبرها بعض الدول فرصة للتعاون الاقتصادي والنمو، بينما ترى دول أخرى أنها وسيلة للصين لتعزيز مصالحها الجيوسياسية ونفوذها.

أثار منتقدو مبادرة الحزام والطريق مخاوف بشأن القدرة على تحمل الديون، والأثر البيئي، والشفافية، ومعايير الحوكمة. ويجادلون بأنه يمكن أن يخلق "فخا للديون" للدول المشاركة ، حيث يتحملون ديونا عالية لتمويل مشاريع البنية التحتية التي قد لا تحقق عوائد أو فوائد كافية.

يتمتع طريق الحرير الحديث بالقدرة على إعادة تشكيل أنماط التجارة وسلاسل التوريد والتحالفات الاقتصادية، حيث تسعى البلدان إلى التأثير على موقعها وأصولها للاستفادة من المبادرة. تتنافس القوى الكبرى مثل الولايات المتحدة وروسيا والهند على الميزة الاستراتيجية والنفوذ في المنطقة.

يمثل طريق الحرير الحديث رؤية جريئة لتحسين الاتصال، وتعزيز التعاون الاقتصادي، وإعادة تشكيل الديناميات الجيوسياسية في القرن ال21. وفي حين أنه يحمل وعودا كبيرة لتسهيل التجارة والاستثمار والتنمية عبر المناطق، فإنه يفرض أيضا تحديات ومخاطر كبيرة يجب التعامل معها بعناية.

مع استمرار توسع طريق الحرير الحديث، من الأهمية بمكان أن تتعاون الدول المشاركة لضمان تقاسم الفوائد بشكل عادل وتنفيذ المشاريع بشكل مستدام ومسؤول. ومن خلال تعزيز التعاون والشفافية والاحترام المتبادل، يمكن لطريق الحرير الحديث أن يعزز السلام والازدهار والاستقرار لسنوات قادمة.

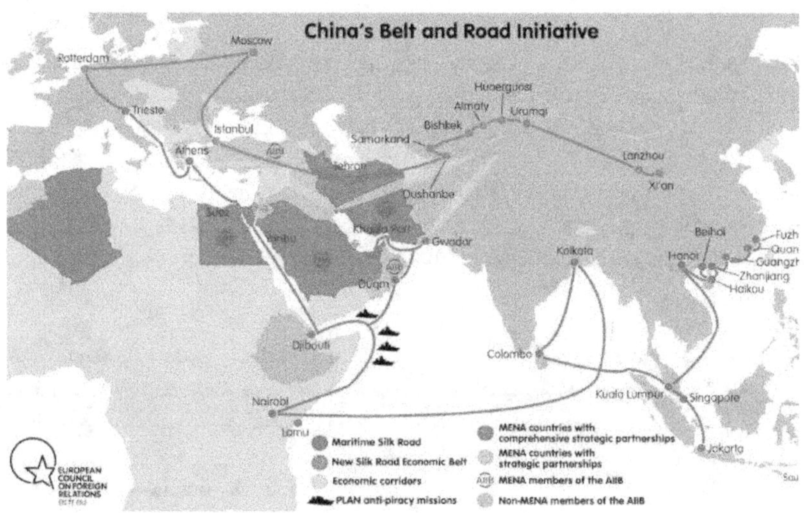

المراكز الاقتصادية في العالم القديم

استكشاف المراكز التجارية والعواصم التجارية

في العالم القديم ، برزت بعض المدن والمناطق كمراكز اقتصادية بارزة بسبب موقعها الاستراتيجي ومواردها الطبيعية وأنشطتها التجارية. لعبت هذه المراكز الاقتصادية دورا حاسما في تسهيل التجارة وتعزيز التبادل الثقافي ودفع النمو الاقتصادي والازدهار. دعونا نتعمق في بعض أهم المراكز الاقتصادية في العالم القديم ونستكشف أهميتها في تشكيل التجارة والتبادل التجاري العالمي.

الاسكندرية, مصر

تقع الإسكندرية على مفترق طرق التجارة التي تربط أوروبا وأفريقيا وآسيا ، وبرزت كواحدة من أهم المراكز الاقتصادية في العالم القديم. أسسها الإسكندر الأكبر في عام 331 قبل الميلاد ، وكانت المدينة بمثابة مركز حيوي للتجارة البحرية ، حيث ربطت البحر الأبيض المتوسط بالبحر الأحمر وما وراءه.

موقع الإسكندرية الاستراتيجي عند مصب دلتا النيل جعلها ميناء مثاليا لتبادل البضائع مثل الحبوب والمنسوجات والتوابل والمعادن الثمينة. كانت منارة المدينة الشهيرة ، فاروس الإسكندرية ، واحدة من عجائب الدنيا السبع في العالم القديم وكانت بمثابة منارة للبحارة الذين يبحرون في مياه البحر الأبيض المتوسط الغادرة.

كانت الإسكندرية مركزا للتعلم والثقافة ، وتضم مكتبة الإسكندرية الشهيرة ، والتي تضم مجموعة واسعة من المخطوطات وجذبت العلماء من جميع أنحاء العالم القديم. ساهم جو المدينة العالمي والنشاط التجاري الحيوي في مكانتها كمركز اقتصادي وثقافي مزدهر.

القسطنطينية (اسطنبول), تركيا

كانت المدينة تعرف في الأصل باسم بيزنطة وأعاد الإمبراطور الروماني قسطنطين تسميتها لاحقا بالقسطنطينية في عام 330 م ، وكانت المدينة بمثابة عاصمة الإمبراطورية البيزنطية ومركزا رئيسيا للتجارة والتجارة في العالم القديم. تقع القسطنطينية على مفترق طرق أوروبا وآسيا ، وسيطرت على طرق التجارة المربحة التي تربط البحر الأبيض المتوسط بالبحر الأسود وبحر إيجة وطريق الحرير.

جعل الموقع الاستراتيجي للمدينة منها مركزا صاخبا للتجار والتجارة والحرفيين ، الذين توافدوا على أسواقها لشراء وبيع مجموعة متنوعة من السلع ، بما في ذلك الحرير والتوابل والمنسوجات والسيراميك والمعادن الثمينة. جذبت ثروة القسطنطينية وازدهارها التجار من جميع أنحاء الإمبراطورية البيزنطية ، وكذلك من المناطق المجاورة مثل بلاد فارس والجزيرة العربية وأوروبا.

كانت القسطنطينية بمثابة بوابة بين الشرق والغرب ، مما سهل تبادل الأفكار والثقافات والتقنيات.

ساهمت ثقافة المدينة الغنية ولغاتها وأديانها وأعراقها في طابعها المثير والعالمي ، مما جعلها بوتقة تنصهر فيها التجارة والثقافة في العالم القديم.

قرطاج, تونس

أسسها الفينيقيون في القرن 9 قبل الميلاد، برزت قرطاج كقوة بحرية مهيمنة ومركز رئيسي للتجارة في البحر الأبيض المتوسط القديم. تقع قرطاج على ساحل تونس الحالية ، وسيطرت على مناطق شاسعة في شمال إفريقيا وإسبانيا وغرب البحر الأبيض المتوسط ، وأنشأت شبكات تجارية مربحة امتدت عبر العالم المعروف.

تم بناء اقتصاد قرطاج على التجارة البحرية ، حيث سيطرت أساطيلها التجارية على البحار وتحمل سلعا مثل الحبوب وزيت الزيتون والنبيذ والأخشاب والمنتجات الغربية من أفريقيا جنوب الصحراء الكبرى وخارجها. سمح الموقع الاستراتيجي للمدينة بالسيطرة على طرق التجارة الرئيسية وإنشاء مراكز تجارية ومستعمرات في جميع أنحاء حوض البحر الأبيض المتوسط.

اشتهرت قرطاج بالحرفيين المهرة ، الذين أنتجوا الفخار الفاخر والمجوهرات والمنسوجات والأواني الزجاجية التي كانت تحظى بتقدير كبير في العالم القديم. اجتذب ازدهار المدينة وثروتها التجار والمغامرين من جميع أنحاء البحر الأبيض المتوسط ، مما جعلها مركزا مزدهرا للتجارة والثقافة.

أثينا، اليونان

باعتبارها مهد الديمقراطية ومهد الحضارة الغربية ، لعبت أثينا دورا محوريا في تشكيل المشهد الاقتصادي والسياسي والثقافي للعالم القديم. تقع أثينا في قلب اليونان ، وبرزت كمركز للتجارة والتبادل التجاري والبحث الفكري خلال الفترة الكلاسيكية.

كان اقتصاد المدينة مدعوما بالتجارة البحرية والزراعة والحرفية ، حيث كان ميناءها الصاخب بمثابة بوابة إلى بحر إيجة وما وراءه. صدرت أثينا سلعا مثل زيت الزيتون والنبيذ والفخار والرخام ، بينما استوردت سلعا فاخرة مثل الحرير والتوابل والمعادن الثمينة من أراض بعيدة.

كانت أثينا مركزا للتعلم والفلسفة ، موطنا لمفكرين مشهورين مثل سقراط وأفلاطون وأرسطو ، الذين أثرت أفكارهم وتعاليمهم على أجيال من العلماء والمثقفين.

جذبت الحيوية الثقافية والفكرية للمدينة الفنانين والكتاب والفلاسفة من جميع أنحاء العالم القديم ، مما جعلها منارة للتنوير والإبداع.

دمشق، سوريا

باعتبارها واحدة من أقدم المدن المأهولة باستمرار في العالم ، تتمتع دمشق بتاريخ غني كمركز للتجارة والتبادل التجاري. تقع دمشق على طول طرق التجارة القديمة التي تربط البحر الأبيض المتوسط ببلاد ما بين النهرين والجزيرة العربية ، وكانت بمثابة مركز حيوي لتبادل السلع مثل التوابل والمنسوجات والسيراميك والمعادن الثمينة.

جعل الموقع الاستراتيجي للمدينة منها مفترق طرق للحضارات ، حيث جذب التجار والمسافرين من جميع أنحاء العالم القديم. اشتهرت دمشق بأسواقها الصاخبة ، والمعروفة باسم الأسواق ، حيث تم شراء وبيع البضائع من الأراضي البعيدة.

كانت دمشق مركزا للحرف اليدوية ، حيث أنتجت المنسوجات الرائعة والسجاد والأعمال المعدنية التي كانت مطلوبة بشدة في العالم القديم. جعلت الأهمية الثقافية والتجارية للمدينة منها مركزا اقتصاديا مزدهرا ورمزا للازدهار والثروة.

حلب، سوريا

مركز اقتصادي رئيسي آخر في سوريا القديمة ، لعبت حلب دورا حاسما في تسهيل التجارة بين البحر الأبيض المتوسط وبلاد ما بين النهرين وبلاد فارس. تقع حلب على طول طريق الحرير ، وكانت بمثابة مركز رئيسي لتبادل البضائع مثل الحرير والتوابل والسيراميك والأحجار الكريمة.

جعل الموقع الاستراتيجي للمدينة منها بوتقة تنصهر فيها الثقافات والحضارات ، حيث يتلاقى التجار والتجار من جميع أنحاء العالم القديم في أسواقها لشراء وبيع مجموعة متنوعة من السلع. اشتهرت حلب بالحرفيين المهرة الذين أنتجوا المنسوجات الجميلة والسجاد والأعمال المعدنية التي كانت تحظى بتقدير كبير في العالم القديم.

كانت حلب مركزا للتعلم والمنح الدراسية ، حيث ساهم العلماء والمثقفون المشهورون في حيويتها الثقافية والفكرية. جعل الازدهار التجاري للمدينة وتراثها الثقافي رمزا للمرونة والتحمل في العالم القديم.

طرابلس، لبنان

تقع طرابلس على الساحل الشرقي للبحر الأبيض المتوسط ، وبرزت كمركز بحري رئيسي في العالم القديم ، حيث كانت بمثابة مركز للتجارة بين بلاد الشام ومصر وأوروبا. جعل الموقع الاستراتيجي للمدينة منها ميناء حيويا لتبادل السلع مثل الحبوب وزيت الزيتون والنبيذ والمنسوجات.

اشتهرت طرابلس بأسواقها الصاخبة ونشاطها التجاري النابض بالحياة ، حيث جذبت التجار والتجار والبحارة من جميع أنحاء العالم القديم.

ساهم جو المدينة العالمي والتنوع الثقافي في ازدهارها الاقتصادي وثراءها الثقافي.

كانت طرابلس مركزا للحرف اليدوية ، حيث أنتجت المنسوجات الجميلة والسيراميك والأواني الزجاجية التي كانت ذات قيمة عالية في العالم القديم. جعلت الأهمية الاستراتيجية للمدينة وأهميتها التجارية منها مركزا اقتصاديا مزدهرا ورمزا للتجارة البحرية والتجارة.

بيروت، لبنان

لعبت بيروت مركزا اقتصاديا رئيسيا آخر في بلاد الشام القديمة ، دورا حاسما في تسهيل التجارة بين البحر الأبيض المتوسط وآسيا الصغرى ومصر. تقع بيروت على طول طرق التجارة الرئيسية ، وكانت بمثابة ميناء صاخب ومركز حيوي لتبادل البضائع مثل الحبوب والنبيذ وزيت الزيتون والمنسوجات.

جعل الموقع الاستراتيجي للمدينة منها بوتقة تنصهر فيها الثقافات والحضارات ، حيث يتلاقى التجار والتجار من جميع أنحاء العالم القديم في أسواقها لشراء وبيع مجموعة متنوعة من السلع. اشتهرت بيروت بجوها العالمي ونشاطها التجاري النابض ، مما جعلها مركزا اقتصاديا مزدهرا في العالم القديم.

كانت بيروت مركزا للتعلم والمنح الدراسية، حيث ساهم علماء ومثقفون مشهورون في حيويتها الثقافية والفكرية. جعل الازدهار التجاري للمدينة وتراثها الثقافي رمزا للمرونة والتحمل في العالم القديم.

صيدا، لبنان

واحدة من أقدم المدن في العالم ، برزت صيدا كمركز اقتصادي رئيسي في بلاد الشام القديمة ، حيث كانت بمثابة مركز للتجارة بين البحر الأبيض المتوسط وبلاد ما بين النهرين ومصر. تقع صيدا على طول طرق التجارة الرئيسية ، وتشتهر بأسواقها الصاخبة ونشاطها التجاري الحيوي.

جعل الموقع الاستراتيجي للمدينة منها ميناء حيويا لتبادل البضائع مثل الحبوب والنبيذ وزيت الزيتون والمنسوجات. اشتهرت صيدا بالحرفيين المهرة الذين أنتجوا المنسوجات الجميلة والسيراميك والأواني الزجاجية التي كانت ذات قيمة عالية في العالم القديم.

كانت صيدا مركزا للتجارة البحرية والتجارة ، حيث كان التجار والتجار من جميع أنحاء العالم القديم يتقاربون على شواطئها لشراء وبيع مجموعة متنوعة من السلع. جعل الازدهار التجاري للمدينة والثراء الثقافي منها رمزا للمرونة والتحمل في العالم القديم.

جبيل, لبنان

واحدة من أقدم المدن المأهولة باستمرار في العالم ، برزت جبيل كمركز اقتصادي رئيسي في بلاد الشام القديمة ، حيث كانت بمثابة مركز للتجارة بين البحر الأبيض المتوسط وبلاد ما بين النهرين ومصر. تقع جبيل على طول طرق التجارة الرئيسية ، وتشتهر بأسواقها الصاخبة ونشاطها التجاري النابض بالحياة.

جعل الموقع الاستراتيجي للمدينة منها ميناء حيويا لتبادل البضائع مثل الحبوب والنبيذ وزيت الزيتون والمنسوجات. اشتهرت جبيل بالحرفيين المهرة الذين أنتجوا المنسوجات الجميلة والسيراميك والأواني الزجاجية التي كانت ذات قيمة عالية في العالم القديم.

كانت جبيل مركزا للتجارة البحرية ، حيث كان التجار والتجار من جميع أنحاء العالم القديم يتقاربون على شواطئها لشراء وبيع مجموعة متنوعة من البضائع. جعل الازدهار التجاري للمدينة والثراء الثقافي منها رمزا للمرونة والتحمل في العالم القديم.

الهند

باعتبارها واحدة من أقدم الحضارات في العالم ، تتمتع الهند بتاريخ غني من التجارة والتجارة التي يعود تاريخها إلى آلاف السنين. تقع الهند على مفترق طرق آسيا ، وكانت مركزا رئيسيا للتجارة والتبادل الثقافي ، حيث جذبت التجار والتجار والمغامرين من جميع أنحاء العالم القديم.

كان اقتصاد الهند يتغذى على التجارة البحرية ، حيث كانت موانئها الصاخبة بمثابة بوابات للمحيط الهندي وما وراءه. صدرت البلاد سلعا مثل التوابل والمنسوجات والأحجار الكريمة الغريبة ، بينما استوردت سلعا فاخرة مثل الحرير والخزف والعطور من أراض بعيدة.

اشتهرت الهند بالحرفيين المهرة ، الذين أنتجوا المنسوجات الجميلة والمجوهرات والفخار والأعمال المعدنية التي كانت ذات قيمة عالية في العالم القديم. جعل التنوع الثقافي للبلاد وازدهارها الاقتصادي وأهميتها التجارية مركزا مزدهرا للتجارة والتجارة في العالم القديم.

الصين

باعتبارها واحدة من أقدم الحضارات في العالم ، تتمتع الصين بتاريخ طويل من التجارة والتجارة يعود تاريخه إلى آلاف السنين. تقع الصين على مفترق طرق آسيا ، وكانت مركزا رئيسيا للتجارة والتبادل الثقافي ، حيث جذبت التجار والتجار والمغامرين من جميع أنحاء العالم القديم.

كان اقتصاد الصين يتغذى على التجارة البحرية والبرية، بموانئها الصاخبة وطرقها التجارية التي تربط البلاد بآسيا الوسطى والشرق الأوسط وما وراءهما. صدرت البلاد سلعا مثل الحرير والشاي والخزف والتوابل ، بينما استوردت سلعا فاخرة مثل المعادن الثمينة والأحجار الكريمة الغريبة.

اشتهرت الصين بتقنياتها المتقدمة ، بما في ذلك صناعة الورق والطباعة والسيراميك ، والتي حولت التجارة والتجارة في العالم القديم. إن ثراء البلاد الثقافي وازدهارها الاقتصادي وأهميتها التجارية جعلها مركزا مزدهرا للتجارة والابتكار.

بغداد، العراق

كعاصمة للخلافة العباسية ، برزت بغداد كمركز اقتصادي رئيسي في العالم الإسلامي في العصور الوسطى ، حيث كانت بمثابة مركز للتجارة والتبادل الثقافي. تقع بغداد على طول نهر دجلة ، وتتمتع بموقع استراتيجي على مفترق طرق التجارة التي تربط آسيا وأفريقيا وأوروبا.

جذبت أسواق المدينة الصاخبة والنشاط التجاري النابض بالحياة التجار والتجار والعلماء من جميع أنحاء العالم الإسلامي وخارجه. اشتهرت بغداد بسلعها الفاخرة مثل المنسوجات والسيراميك والتوابل والعطور ، والتي تم تداولها في أسواقها وأسواقها الصاخبة.

كانت بغداد مركزا للتعلم والمنح الدراسية ، حيث ساهم العلماء والمثقفون المشهورون في حيويتها الثقافية والفكرية. جعل جو المدينة العالمي وازدهارها الاقتصادي وثراءها الثقافي منارة للحضارة والتنوير في العالم الإسلامي في العصور الوسطى.

القدس

باعتبارها واحدة من أقدس المدن في العالم ، تتمتع القدس بتاريخ غني كمركز للتجارة والتبادل الثقافي. تقع القدس على مفترق طرق ثلاث قارات ، وتتمتع بموقع استراتيجي على طول طرق التجارة الرئيسية التي تربط آسيا وأفريقيا وأوروبا.

جذبت أسواق المدينة الصاخبة والنشاط التجاري النابض بالحياة التجار والتجار والحجاج من جميع أنحاء العالم القديم وما وراءه. اشتهرت القدس بسلعها الغريبة مثل التوابل والمنسوجات والمعادن الثمينة والتحف الدينية ، والتي تم تداولها في أسواقها وأسواقها الصاخبة.

كانت القدس مركزا ذا أهمية دينية وثقافية، حيث جذبت مواقعها المقدسة الحجاج والزوار من خلفيات دينية متنوعة. جعلت الأهمية الروحية والتجارية للمدينة منها مركزا مزدهرا للتجارة والتبادل الثقافي في العالم القديم.

دبي، الإمارات العربية المتحدة

إن تحول دبي من قرية صيد صغيرة إلى قوة اقتصادية عالمية ليس أقل من رائع. تقع دبي على ساحل الخليج الفارسي ، وقد استفادت من موقعها الاستراتيجي لتصبح مركزا رئيسيا للتجارة والتمويل والسياحة.

وقد جعلت موانئها وبنيتها التحتية الحديثة، بما في ذلك ميناء جبل علي، من دبي مركزا حيويا للتجارة البحرية في المنطقة.

جذبت مناطق التجارة الحرة في دبي والسياسات الصديقة للأعمال الشركات متعددة الجنسيات والمستثمرين، مما دفع نموها الاقتصادي وتنويعها.

قطر

برزت قطر، وهي دولة صغيرة ولكنها غنية في شبه الجزيرة العربية، كلاعب رئيسي في الاقتصاد العالمي، وذلك بفضل احتياطياتها الهائلة من النفط والغاز الطبيعي.

العاصمة الدوحة هي مدينة صاخبة ومركز مالي ، موطن للعديد من الشركات متعددة الجنسيات والمنظمات الدولية. تسهل موانئ قطر، بما في ذلك ميناء حمد، أنشطة التجارة والشحن، مما يساهم في الازدهار الاقتصادي للبلاد.

البحرين

البحرين ، مملكة جزيرة في الخليج الفارسي ، لها تاريخ طويل كمركز تجاري بسبب موقعها الاستراتيجي على طول طرق التجارة القديمة. المنامة، العاصمة، هي مركز مالي وتجاري رئيسي في المنطقة، حيث تلعب موانئها دورا حيويا في التجارة البحرية. اقتصاد البحرين متنوع، حيث تساهم قطاعات مثل التمويل والسياحة والتصنيع في ازدهارها.

جدة, المملكة العربية السعودية

جدة، التي تقع على ساحل البحر الأحمر، هي واحدة من أهم المراكز الاقتصادية في المملكة العربية السعودية. يتعامل ميناءها ، وهو الأكبر في البلاد ، مع جزء كبير من التجارة البحرية في المملكة العربية السعودية ، حيث يعمل كبوابة للمدينتين المقدستين مكة المكرمة والمدينة المنورة.

وقد تم تعزيز دور جدة كمركز تجاري من خلال منطقة التجارة الحرة ومشاريع البنية التحتية، وجذب الاستثمار ودفع عجلة النمو الاقتصادي.

اليمن

اليمن ، الواقعة في الطرف الجنوبي من شبه الجزيرة العربية ، لديها تاريخ بحري غني يعود إلى العصور القديمة. لعبت موانئ مثل عدن والمكلا دورا حاسما في التجارة البحرية بين الشرق والغرب ، حيث ربطت شبه الجزيرة العربية بأفريقيا والهند وما وراءهما.

ومع ذلك، فقد أثر عدم الاستقرار السياسي والصراع على الاقتصاد اليمني والأنشطة التجارية في السنوات الأخيرة.

مسقط، عمان

مسقط ، عاصمة عمان ، لها تاريخ طويل كمركز تجاري بحري. موقعها الاستراتيجي على بحر العرب جعلها مركزا حيويا للتجارة بين شبه القارة الهندية وشرق إفريقيا والخليج الفارسي. تواصل موانئ مسقط، بما في ذلك ميناء السلطان قابوس، لعب دور حاسم في الاقتصاد العماني، وتسهيل أنشطة التجارة والشحن.

مدينة عباس، إيران

بندر عباس، الواقعة على الساحل الجنوبي لإيران ، هي مدينة ساحلية رئيسية ومركز اقتصادي في المنطقة. موقعها الاستراتيجي عند مدخل الخليج الفارسي جعلها مركزا رئيسيا للتجارة البحرية بين إيران وشبه الجزيرة العربية وما وراءها. تتعامل موانئ بندر عباس مع مجموعة متنوعة من السلع، بما في ذلك النفط والبتروكيماويات والمنتجات الزراعية، مما يساهم في الاقتصاد الإيراني.

بوشهر، إيران

كانت بوشهر ، وهي مدينة ساحلية أخرى في إيران ، تاريخيا مركزا مهما للتجارة البحرية والتجارة. يقع ميناء بوشهر على ساحل الخليج الفارسي ، ويتعامل مع مجموعة متنوعة من البضائع ، بما في ذلك المنتجات الزراعية والمعادن والمواد الصناعية.

في السنوات الأخيرة، أصبحت بوشهر معروفة أيضا بدورها في قطاع الطاقة الإيراني، مع بناء محطة للطاقة النووية بالقرب من المدينة.

العقبة, الأردن

تتمتع العقبة، المدينة الساحلية الوحيدة في الأردن، بموقع استراتيجي على البحر الأحمر، مما يجعلها بوابة بحرية مهمة للبلاد. يعمل ميناءها ، ميناء العقبة ، كمركز تجاري بحري رئيسي في الأردن ، مما يسهل استيراد وتصدير البضائع من وإلى المنطقة.

وقد تعززت الأهمية الاقتصادية للعقبة من خلال تطوير المناطق الاقتصادية الخاصة ومشاريع البنية التحتية التي تهدف إلى جذب الاستثمار وتعزيز التجارة.

قناة السويس، مصر

كانت قناة السويس، وهي ممر مائي من صنع الإنسان يربط البحر الأبيض المتوسط بالبحر الأحمر، شريانا حيويا للتجارة العالمية منذ اكتمالها في عام 1869. من خلال توفير طريق مختصر بين أوروبا وآسيا ، تقلل قناة السويس بشكل كبير من أوقات العبور وتكاليف الشحن للسفن التي تسافر بين القارتين.

واليوم، لا تزال قناة السويس واحدة من أكثر الطرق البحرية ازدحاما في العالم، حيث تتعامل مع ملايين الأطنان من البضائع سنويا وتولد إيرادات كبيرة لمصر.

قناة السويس هي الممرات المائية الأكثر أهمية في العالم. تمتد هذه القناة الاستثنائية من صنع الإنسان على مدى 120 ميلا عبر قلب مصر ، وقد أصلحت التجارة العالمية ، حيث كانت بمثابة شريان حيوي للاقتصاد العالمي.

إنجاز هندسي مثير للإعجاب

بنيت قناة السويس بين عامي 1859 و 1869 تحت قيادة الدبلوماسي الفرنسي فرديناند ديليسبس ، وتمثل انتصارا للإبداع البشري والتصميم.

من خلال ربط البحر الأبيض المتوسط بالبحر الأحمر ، وفرت القناة اختصارا للسفن التي تسافر بين أوروبا وآسيا ، مما يلغي الحاجة إلى السفر الطويل والخطير حول الطرف الجنوبي لأفريقيا.

تسهيل التجارة الدولية

منذ نشأتها، غيرت قناة السويس قواعد اللعبة في التجارة الدولية. لا يقلل موقعها الاستراتيجي من أوقات العبور بشكل كبير فحسب ، بل يقلل أيضا من تكاليف الشحن ، مما يجعلها طريقا لا غنى عنه لنقل البضائع والسلع وموارد الطاقة. تمر مليارات الأطنان من البضائع عبر مياهها سنويا ، بدءا من النفط الخام والغاز الطبيعي إلى المنتجات المصنعة والمواد الخام.

شريان حياة حاسم للنقل البحري

أصبحت قناة السويس شريان الحياة للنقل البحري العالمي ، حيث تستوعب مجموعة متنوعة من السفن بما في ذلك سفن الحاويات وناقلات النفط وناقلات البضائع السائبة وسفن الركاب.

يضمن تشغيلها الفعال والبنية التحتية الملاحية المرور السلس للسفن من جميع الأحجام ، مما يساهم في التدفق السلس للبضائع بين القارات.

الآثار الاقتصادية والتنمية الإقليمية

تمتد الأهمية الاقتصادية لقناة السويس إلى ما هو أبعد من دورها كقناة للتجارة العالمية. وهي بمثابة مصدر حيوي للإيرادات لمصر، حيث تدر مليارات الدولارات سنويا من خلال الرسوم والخدمات ذات الصلة.

وقد حفزت القناة التنمية الاقتصادية في المنطقة المحيطة، وخلقت فرص عمل وشجعت الاستثمار في البنية التحتية والخدمات اللوجستية.

الأهمية الجيوسياسية

بالإضافة إلى قيمتها الاقتصادية، تحمل قناة السويس أهمية جيوسياسية كبيرة. إن سيطرتها وأمنها أمران حاسمان للاستقرار العالمي ، حيث يمكن أن يكون لتعطيل عملياتها عواقب بعيدة المدى على أسواق الطاقة وسلاسل التوريد والعلاقات الدولية. وبالتالي ، كانت القناة محور المصالح الاستراتيجية لمختلف الدول والكيانات على مر السنين.

مواجهة التحديات

على الرغم من دورها المحوري في التجارة العالمية، تواجه قناة السويس تحديات. ويشكل عرضه الضيق وحجم حركة المرور المتزايد مخاطر ملاحية، تتطلب تخطيطا وإدارة دقيقين لضمان المرور الآمن للسفن.

يمكن أن تؤثر التوترات الجيوسياسية وعدم الاستقرار الإقليمي على عمليات القناة، مما يؤكد الحاجة إلى حوكمة فعالة وتدابير أمنية.

استشراف المستقبل

ومن الآن فصاعدا، تستمر قناة السويس في التطور لتلبية متطلبات النقل البحري الحديث. تهدف مشاريع التوسع المستمرة والتقدم التكنولوجي والتحسينات التشغيلية إلى تعزيز كفاءة القناة وقدرتها ومرونتها. علاوة على ذلك، تسعى مبادرات مثل المنطقة الاقتصادية لقناة السويس إلى تعزيز الموقع الاستراتيجي للقناة لدفع النمو الاقتصادي والازدهار في مصر والمنطقة الأوسع.

الإبحار في التغيرات الاقتصادية في العالم

الانتقال من الاقتصاد الريعي إلى الاقتصاد المنتج

مع استمرار تغير الاقتصاد العالمي، تدرك البلدان التي اعتمدت تاريخيا على الموارد الطبيعية أنها بحاجة إلى الانتقال إلى اقتصادات مدفوعة بالابتكار والإنتاجية.

ويتطلب هذا التحول استراتيجية متعددة الجوانب تنطوي على تغييرات في السياسات، واستثمارات جديدة، وتكيفات مجتمعية. وسوف ندرس تعقيدات توجيه الإصلاح الاقتصادي بطرق إضافية لتحقيق النمو المستدام.

فهم التغير الاقتصادي

يشير التغير الاقتصادي إلى التحولات الهيكلية التي تمر بها الاقتصادات لتنويع محركات نموها وتصبح أكثر إنتاجية وتنافسية. وفي حين تعتمد الاقتصادات الريعية اعتمادا كبيرا على الدخل من الموارد الطبيعية، تعطي الاقتصادات المنتجة الأولوية للابتكار، وتنمية رأس المال البشري، وتنمية الصناعات غير المتعلقة بالموارد.

جزء رئيسي من التغيير الاقتصادي هو تعزيز ريادة الأعمال والابتكار. ومن خلال خلق بيئة يمكن أن تزدهر فيها الشركات الناشئة والشركات الصغيرة، يمكن للبلدان تشجيع الإبداع وتوليد فرص العمل وتحفيز الحيوية الاقتصادية.

وقد ينطوي ذلك على تبسيط اللوائح، وتحسين فرص الحصول على التمويل، وتوفير حوافز للبحث والتطوير.

يعد الاستثمار في رأس المال البشري أمرا حيويا لبناء قوة عاملة ماهرة قادرة على دفع نمو الإنتاجية والتقدم التكنولوجي. يجب تصميم برامج التعليم والتدريب لتلبية الاحتياجات المتطورة للصناعات ، مع التركيز على العلوم والتكنولوجيا والهندسة والرياضيات (STEM) ومحو الأمية الرقمية.

ومن خلال تمكين الناس بالمهارات اللازمة لوظائف المستقبل، يمكن للبلدان تعزيز قدرتها التنافسية العالمية.

استراتيجيات الإبحار في التغيير الاقتصادي

تنويع الاقتصاد

يعد التنويع الاقتصادي أمرا بالغ الأهمية لتقليل الاعتماد على مصدر واحد للإيرادات وبناء القدرة على الصمود في مواجهة الاضطرابات الخارجية. وينبغي للبلدان أن تحدد وتعطي الأولوية للقطاعات ذات النمو المرتفع مثل الطاقة المتجددة، وتكنولوجيا المعلومات، والسياحة، والتصنيع المتقدم. ومن خلال الاستثمار في هذه المجالات وتشجيع الابتكار وريادة الأعمال، يمكن للدول تطوير مصادر جديدة للازدهار والعمالة.

تطوير البنية التحتية

تلعب البنية التحتية دورا أساسيا في تمكين التغيير الاقتصادي من خلال تحسين الاتصال وخفض تكاليف المعاملات وتعزيز مناخ الأعمال العام. وينبغي للحكومات أن تعطي الأولوية للاستثمارات في مجالات النقل والاتصالات والطاقة والبنية التحتية الرقمية لدعم التنويع الاقتصادي وتشجيع التكامل الإقليمي.

ويساعد تحديث شبكات البنية التحتية على جذب الاستثمار، وتحفيز التجارة، والكشف عن الإمكانات الاقتصادية عبر قطاعات متنوعة.

ترويج التجارة والاستثمار

تعد التجارة والاستثمار الدوليان محفزين رئيسيين للتغيير الاقتصادي، حيث يوفران الوصول إلى أسواق وتقنيات ورؤوس أموال جديدة. وينبغي للحكومات أن تتبع استراتيجيات استباقية لتشجيع التجارة والاستثمار لاجتذاب الاستثمار الأجنبي المباشر ومساعدة الأعمال التجارية المحلية على الوصول إلى الأسواق. وقد ينطوي ذلك على التفاوض على الاتفاقيات التجارية، وإنشاء مناطق اقتصادية خاصة، وتقديم حوافز للمستثمرين الأجانب.

الإصلاحات المؤسسية

الإصلاحات المؤسسية ضرورية لتهيئة بيئة مواتية للتغيير الاقتصادي وضمان حوكمة شفافة وخاضعة للمساءلة وفعالة. وينبغي للحكومات أن تعزز الأجندات التنظيمية، وأن تحسن حماية حقوق الملكية، وأن تكافح الفساد لبناء ثقة المستثمرين وتعزيز التنمية المستدامة. ومن خلال تعزيز مناخ الأعمال والحد من الروتين البيروقراطي، يمكن للبلدان جذب الاستثمار، وتشجيع ريادة الأعمال، وتحفيز النمو الاقتصادي.

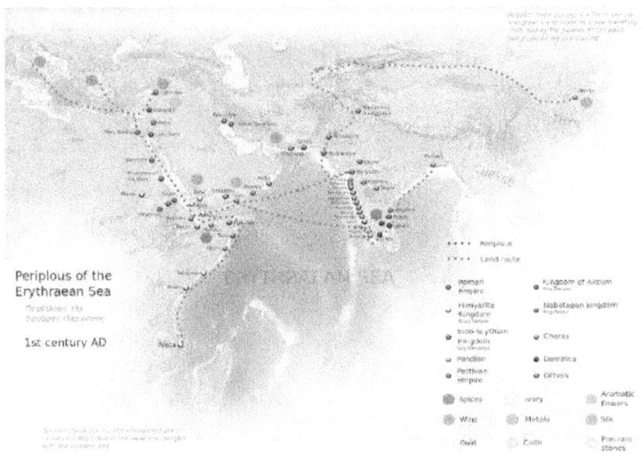

الديناميات السياسية في العالم القديم

يرتبط المشهد السياسي في جميع أنحاء العالم القديم بشكل أساسي بالاقتصاد العالمي، حيث تحفز الاضطرابات السياسية في كثير من الأحيان التحولات الرئيسية في السياسات الاقتصادية، والشراكات التجارية، وأنماط الاستثمار.

التغيرات السياسية والآثار الاقتصادية

ويمكن للتحولات السياسية، بما في ذلك التغييرات في القيادة، والإصلاحات الحكومية، وإعادة الاصطفاف الجيوسياسي، أن تؤثر تأثيرا عميقا على الاستقرار الاقتصادي، وثقة المستثمرين، وقوى السوق.

على سبيل المثال، يمكن أن تؤثر التحولات بين الأنظمة الاستبدادية والديمقراطية على الحكم وسيادة القانون وحقوق الملكية، مما يؤثر على خيارات الاستثمار والأداء الاقتصادي.

يمكن للتوترات الجيوسياسية والصراعات والنزاعات التجارية في العالم القديم أن تعطل سلاسل التوريد وتؤثر على معنويات السوق وتؤدي إلى تقلبات في أسعار السلع والعملات والأسواق المالية.

ومع تجاوز البلدان لحالات عدم اليقين السياسي، يتعين على واضعي السياسات والشركات والمستثمرين توقع المخاطر، وتكييف الاستراتيجيات، وتحديد فرص الصمود والنمو.

الظلال الإقليمية والتكامل العالمي

يشمل العالم القديم مناطق متنوعة ذات سياقات سياسية متميزة وهويات ثقافية وأهداف اقتصادية تمتد عبر الشرق الأوسط وشمال إفريقيا وآسيا الوسطى والبحر الأبيض المتوسط.

يمكن أن يتردد صدى التحولات السياسية في منطقة واحدة عبر الحدود ، مما يؤثر على التدفقات التجارية وأسواق الطاقة والشراكات الجيوسياسية.

على سبيل المثال، قد تؤدي الاضطرابات السياسية في الشرق الأوسط إلى تعطيل إنتاج النفط وتوزيعه، مما يؤثر على أسعار الطاقة العالمية والاستقرار الاقتصادي.

وعلى نحو مماثل، يمكن للصراعات في أوروبا الشرقية أو القوقاز أن تعرقل طرق التجارة، وسلاسل التوريد، وتثير التوترات الجيوسياسية مع ما يترتب على ذلك من عواقب واسعة النطاق على الأمن الإقليمي والعالمي.

الإبحار في المخاطر والآفاق السياسية

في التعامل مع التغييرات السياسية في العالم القديم، يجب على القادة السياسيين تقييم المخاطر السياسية، وبذل العناية الواجبة، وتصميم خطط الطوارئ للتخفيف من الاضطرابات المحتملة وفرض الفرص الناشئة.

وهذا يتطلب فهم المشهد الجيوسياسي، وإشراك أصحاب المصلحة المحليين، وبناء علاقات تعاون استراتيجية للتوجه خلال الأوقات المضطربة.

إن تعزيز الاستقرار السياسي، والحكم الرشيد، والإصلاحات الديمقراطية من الممكن أن يعزز مناخا مواتيا للتنمية الاقتصادية المستدامة، والاستثمار الأجنبي، والتعاون الإقليمي.

ومن خلال معالجة الأسباب الجذرية لعدم الاستقرار السياسي مثل الفساد وعدم المساواة والسخط الاجتماعي، يمكن للبلدان بناء القدرة على الصمود، وتعزيز القدرة التنافسية، وتشجيع النمو الشامل.

الحوكمة الاقتصادية العالمية والعمل الجماعي

ومع إعادة تشكيل التحولات السياسية للعالم القديم، تلعب الهيئات المتعددة الأطراف مثل الأمم المتحدة والبنك الدولي وصندوق النقد الدولي دورا حيويا في دعم الاستقرار الاقتصادي العالمي، وتشجيع التعاون، ومعالجة التحديات المشتركة.

إن العمل الجماعي والمسؤولية المشتركة أمران حاسمان لمعالجة قضايا مثل تغير المناخ والتنمية المستدامة والتهديدات العابرة للحدود الوطنية.

يمكن للكيانات الإقليمية والتكتلات الاقتصادية، مثل الاتحاد الأوروبي ومجلس التعاون الخليجي والاتحاد الاقتصادي الأوراسي، تسهيل التكامل الاقتصادي، وتعزيز العلاقات التجارية، وتعزيز السلام والاستقرار من خلال الحوار والدبلوماسية والتعاون الاقتصادي.

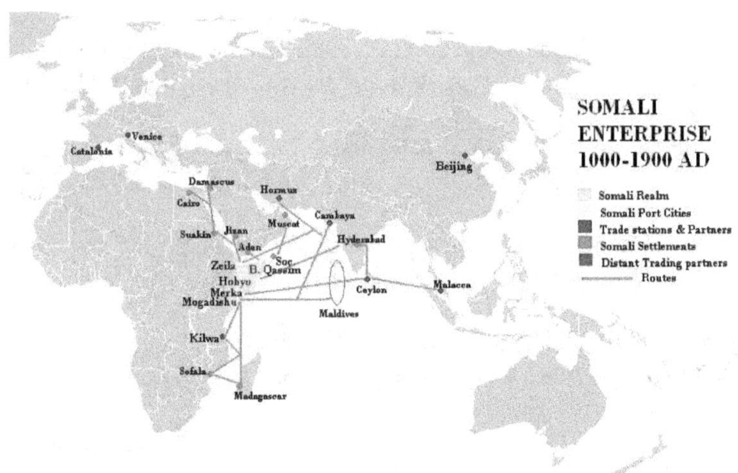

من الاقتصاد الريعي إلى الاقتصاد المنتج

يشير الاقتصاد الريعي إلى نظام اقتصادي يأتي فيه جزء كبير من إيرادات البلد من مصادر خارجية ، مثل الإيجارات والإتاوات وبوالص التأمين وغيرها من أشكال الدخل السلبي.

تشمل هذه المصادر الخارجية عادة الموارد الطبيعية أو الاستثمارات الأجنبية أو المساعدة المالية. في الاقتصاد الريعي، تعتمد الحكومة أو الطبقة الحاكمة بشكل كبير على مصادر الدخل الخارجية هذه بدلا من تعزيز الأنشطة الاقتصادية المتنوعة أو القطاعات الإنتاجية.

مصطلح "الريعي" مشتق من مفهوم الريع الاقتصادي ، الذي يشير إلى الدخل الناتج عن امتلاك الأصول أو السيطرة عليها بدلا من الانخراط في عمل منتج.

يستخدم مصطلح "الاقتصاد الجديد" لوصف ظاهرة تخضع فيها الصناعات أو القطاعات التقليدية للتحول وتتبنى تقنيات ونماذج أعمال واستراتيجيات جديدة لتظل ذات صلة وتنافسية في العصر الحديث. يشير إلى تقارب الصناعات التقليدية مع التقنيات والممارسات المبتكرة.

يدرك مفهوم "الاقتصاد الجديد" أهمية الجمع بين نقاط القوة والمعرفة في الصناعات القائمة مع الفرص التي تتيحها الرقمنة والأتمتة والتطورات التكنولوجية الأخرى.

ويشدد على الحاجة إلى التكيف وإعادة الابتكار لتلبية المتطلبات المتطورة للسوق والبقاء في الطليعة في عالم رقمي متزايد.

غالبا ما يستخدم المصطلحان "الغرب" و "الشرق" للإشارة إلى الانقسامات الثقافية والاقتصادية والجيوسياسية الواسعة بين مناطق العالم. تاريخيا ، يشير الغرب إلى أوروبا وأمريكا الشمالية ، بينما يشمل الشرق عادة آسيا ، وخاصة دول مثل الصين واليابان والهند.

يمكن أن تمثل هذه المصطلحات أيضا أنظمة سياسية واقتصادية واجتماعية مختلفة ، حيث يرتبط الغرب بالديمقراطية الليبرالية والرأسمالية والفردية ، ويرتبط الشرق بأشكال مختلفة من الحكم والنماذج الاقتصادية والقيم الثقافية.

غالبا ما تميز الغرب والشرق بنهج متميزة لمختلف جوانب المجتمع ، بما في ذلك الحكم والتنمية الاقتصادية والأعراف الاجتماعية والقيم الثقافية.

ومع ذلك، من المهم ملاحظة أن هذه التقسيمات ليست جامدة أو مطلقة، وهناك اختلافات متنوعة داخل كل منطقة. يتطور المشهد العالمي باستمرار ، وهناك ترابط متزايد وتبادل الأفكار والتقنيات والممارسات بين الغرب والشرق.

في الاقتصاد العالمي اليوم، تهب رياح التغيير بقوة، مما يشير إلى تحول محتمل من الاقتصاد "الريعي" إلى نموذج اقتصادي أكثر إنتاجية. إن الجمع بين أسعار الفائدة المرتفعة والمزايا التي تقدمها الاقتصادات المنتجة يعيد تشكيل ديناميكيات المسرح العالمي. وهنا، سوف نتعمق في العواقب المحتملة لهذا التحول وآثاره على القوى الاقتصادية العالمية.

يواجه الاقتصاد الريعي تحديات في المشهد الاقتصادي الحالي. وقد أدت أسعار الفائدة المرتفعة إلى تآكل ربحية الدخل السلبي، مما جعله أقل جاذبية للحكومات والطبقات الحاكمة للاعتماد فقط على تدفقات الإيرادات هذه. ومع ارتفاع تكاليف الاقتراض، تجد البلدان التي تعتمد على الموارد الطبيعية أو الاستثمارات الأجنبية نفسها تبحث عن مسارات بديلة للاستدامة الاقتصادية.

وعلى النقيض من النموذج الريعي، يكتسب الاقتصاد الإنتاجي زخما كبديل قابل للتطبيق. يؤكد هذا النموذج الاقتصادي على التنويع والابتكار وخلق القيمة من خلال الأنشطة الإنتاجية. مع التركيز على القطاعات التي تؤثر على التكنولوجيا والمعرفة والعمالة الماهرة ، فإن الاقتصادات المنتجة لديها القدرة على السيطرة على الاقتصاد العالمي من خلال الاستفادة من المواد الخام الوفيرة والاستفادة من انخفاض تكاليف العمالة.

تكمن إحدى المزايا الأساسية للاقتصادات المنتجة في قدرتها على التكيف مع ظروف السوق المتغيرة. ومن خلال تعزيز الابتكار والاستثمار في البحث والتطوير، تتطور هذه الاقتصادات باستمرار، وتبقى في الطليعة.

إن تركيزهم على تطوير قوة عاملة ماهرة يمكنهم من الاستفادة من الصناعات الناشئة واغتنام فرص النمو.

تستفيد الاقتصادات المنتجة من انخفاض تكاليف الإنتاج بسبب العمليات الفعالة ووفورات الحجم وظروف العمل المواتية. هذه الميزة تسمح لهم بتقديم أسعار تنافسية ، مما يجعل سلعهم وخدماتهم جذابة للأسواق العالمية. ومع تزايد الترابط بين العالم، يمكن للاقتصادات المنتجة أن تتحكم في نقاط قوتها لترسيخ نفسها كجهات فاعلة رئيسية في التجارة الدولية.

إن الانتقال من الاقتصاد الريعي إلى الاقتصاد المنتج لا يخلو من التحديات. ويتعين على الحكومات وصناع السياسات أن ينفذوا استراتيجيات فعالة لتعزيز الابتكار، وتحسين البنية الأساسية، وتعزيز التعليم وتنمية المهارات. وتصبح الموازنة بين التنويع الاقتصادي ومبادرات الرعاية الاجتماعية أمرا بالغ الأهمية لضمان النمو الشامل والتخفيف من أي آثار سلبية لهذا التحول.

ومع ذلك ، فإن التحول نحو اقتصاد منتج يوفر أيضا العديد من الفرص. ومن خلال الاستفادة من مواردها واعتماد التكنولوجيات المتقدمة، يمكن للبلدان أن تكشف عن سبل جديدة للتنمية الاقتصادية وأن تقلل من اعتمادها على مصادر الدخل الخارجية. إن بناء شراكات قوية مع المستثمرين العالميين ، وتعزيز ريادة الأعمال ، وتعزيز بيئة الأعمال المواتية هي خطوات رئيسية في تسخير إمكانات الاقتصاد المنتج.

وبينما تعيد أسعار الفائدة المرتفعة تشكيل المشهد الاقتصادي، قد يفسح عصر الاقتصاد الريعي المجال لفصل جديد تهيمن عليه الاقتصادات المنتجة. يجلب هذا التحول تحديات وفرصا للدول التي تسعى إلى تأمين مستقبلها الاقتصادي.

ومن خلال تنفيذ الابتكار، والاستثمار في رأس المال البشري، والسعي إلى التنويع، يمكن للبلدان أن تضع نفسها كمحركات للنمو في الاقتصاد العالمي النشط. يتطلب التحول من الاقتصاد الريعي إلى الاقتصاد المنتج رؤية وقدرة على التكيف وجهودا متضافرة لتعزيز التنمية المستدامة وضمان الازدهار على المدى الطويل.

التوترات السياسية والاضطرابات التجارية

يمكن أن يؤدي عدم الاستقرار السياسي والصراعات في العالم القديم إلى إعاقة التجارة وردع الاستثمار وخلق حالة من عدم اليقين في السوق. يمكن أن تتسبب أحداث مثل النزاعات التجارية والعقوبات والاشتباكات الإقليمية في حدوث مشاكل في سلسلة التوريد وزيادة التعريفات الجمركية وتقلبات العملة ، مما يؤثر على الشركات والمستهلكين. وللتغلب على هذه التحديات، تحتاج البلدان إلى توسيع التحالفات التجارية، وتعزيز التعاون الإقليمي، والسعي إلى إيجاد حلول دبلوماسية للحد من المخاطر وتعزيز الاستقرار.

أدى ضم روسيا لشبه جزيرة القرم والاشتباكات اللاحقة في شرق أوكرانيا إلى فرض عقوبات من الدول الغربية ، مما أدى إلى توقف التجارة وتثبيط الاستثمار في المنطقة.

وللحد من التأثير، وسعت أوكرانيا شركائها التجاريين، وأقامت علاقات مع دول في آسيا والشرق الأوسط بينما تسعى إلى حلول دبلوماسية لحل الصراع.

تغيير التركيبة السكانية وأسواق العمل

تشكل التحولات السكانية، بما في ذلك شيخوخة المجتمعات وبطالة الشباب، عقبات رئيسية أمام النمو الاقتصادي والتماسك الاجتماعي في العالم القديم. وتؤدي شيخوخة السكان إلى إجهاد الرعاية الصحية والمعاشات التقاعدية، في حين يؤدي ارتفاع معدلات البطالة بين الشباب إلى توسيع نطاق عدم المساواة وإعاقة الإنتاجية. وتتطلب معالجة هذه القضايا استراتيجيات كاملة تعزز التعلم مدى الحياة، وتنمية المهارات، والمشاركة في القوى العاملة، وضمان الشمولية والمرونة الاقتصادية وسط التغيرات الديموغرافية.

في اليابان ، خلقت شيخوخة السكان وانخفاض معدلات المواليد تحديات ديموغرافية كبيرة. أدى تقلص القوى العاملة إلى نقص العمالة في الصناعات الرئيسية مثل الرعاية الصحية والبناء.
ولمعالجة هذا الأمر، نفذت اليابان سياسات لزيادة مشاركة القوى العاملة بين النساء والعمال الأكبر سنا، وجذب المهاجرين المهرة. وتهدف هذه الجهود إلى الحفاظ على النمو الاقتصادي والرفاه الاجتماعي وسط التحولات الديموغرافية.

التقدم التكنولوجي والرقمنة

تعمل الابتكارات الرقمية والأتمتة على تحويل الصناعات ، وقلب نماذج الأعمال التقليدية ، وإعادة تشكيل أسواق العمل في العالم القديم. بينما توفر الرقمنة فرصا للابتكار والإنتاجية والتوسع في السوق ، فإنها تثير أيضا مخاوف مثل إزاحة الوظائف والفجوات الرقمية ونقاط الضعف السيبرانية. يجب على الحكومات والشركات الاستثمار في البنية التحتية الرقمية، ورفع مهارات القوى العاملة، وسن سياسات توازن بين الابتكار والتكامل المجتمعي، مما يضمن أن التكنولوجيا تفيد الجميع.

أدى ظهور التجارة الإلكترونية والمنصات الرقمية إلى تحويل تجارة التجزئة على مستوى العالم ، بما في ذلك في تركيا. أدى التبني السريع للتسوق عبر الإنترنت إلى تعطيل تجار التجزئة التقليديين، مما تسبب في فقدان الوظائف وإعادة هيكلة الصناعة.

وللتكيف ، تبنى تجار التجزئة الأتراك الرقمنة، واستثمروا في منصات التجارة الإلكترونية ، وتطبيقات الأجهزة المحمولة ، واستراتيجيات omnichannel لتلبية طلب المستهلكين والحفاظ على قدرتهم التنافسية في العصر الرقمي.

الضغوط البيئية والنمو المستدام

يشكل تغير المناخ والتدهور البيئي تهديدات وجودية للاقتصادات والنظم الإيكولوجية وشعوب العالم القديم. إن ارتفاع درجات الحرارة والطقس القاسي واستنزاف الموارد يعرض الزراعة والمياه وأمن الطاقة للخطر، مما يؤدي إلى تفاقم الفقر وعدم المساواة.

ولمواجهة هذه التحديات، يجب على البلدان الانتقال إلى التنمية المستدامة، والاستثمار في الطاقة المتجددة، وعقد نماذج اقتصادية دائرية، ومتابعة مشاريع البنية التحتية المقاومة للمناخ، وحماية رأس المال الطبيعي، وتعزيز الرخاء للأجيال القادمة.

في الشرق الأوسط، تشكل ندرة المياه والتدهور البيئي تحديين رئيسيين للتنمية الاقتصادية.

تعتمد دول مثل الأردن بشكل كبير على الموارد المائية المحدودة، وتواجه ضغوطا من النمو السكاني والتحضر وتغير المناخ. ولمعالجة ذلك، نفذ الأردن الحفاظ على المياه، واستثمر في معالجة مياه الصرف الصحي، وعزز الطاقة المتجددة للحد من الاعتماد على الوقود الأحفوري والتخفيف من المخاطر البيئية.

عدم الاستقرار والتقلب المالي العالمي

إن العالم القديم عرضة للتقلبات الاقتصادية العالمية، والأزمات المالية، وانكماش السوق، وهو ما قد يقوض ثقة المستثمرين، ويعطل تدفقات رأس المال، ويحفز الركود. ويمكن أن تؤدي عوامل مثل اختلالات التوازن المالي، وأعباء الديون، والصدمات الخارجية إلى تفاقم مواطن الضعف الاقتصادي والتفاوتات الاجتماعية.

ولبناء القدرة على الصمود، يجب على الدول اعتماد سياسات مالية حصيفة، وتعزيز اللوائح المالية، وتنويع اقتصاداتها للحد من الاعتماد على القطاعات المتقلبة، وتعزيز الاستقرار والنمو المستدام وسط حالة عدم اليقين الاقتصادي العالمي.

كان للأزمة المالية العالمية لعام 2008 آثار واسعة النطاق على الاقتصادات في جميع أنحاء العالم ، بما في ذلك اليونان. شهدت البلاد أزمة ديون سيادية ، مما أدى إلى تدابير التقشف ، وارتفاع معدلات البطالة ، والاضطرابات الاجتماعية.

ولتحقيق الاستقرار الاقتصادي، نفذت اليونان إصلاحات بنيوية، وتفاوضت على حزم إنقاذ مع الدائنين الدوليين، وشرعت في ضبط الأوضاع المالية وإعادة الهيكلة الاقتصادية لاستعادة ثقة المستثمرين وتحقيق النمو المستدام.

ساحة معركة جيوسياسية عالمية

بشرت ولادة طريق الحرير القديم من خلال **مبادرة الحزام والطريق** الصينية بعصر جديد من المنافسة الجيوسياسية، مع ظهور البحر الأبيض المتوسط كنقطة محورية استراتيجية. وتهدف مبادرة الحزام والطريق إلى تحويل التجارة العالمية والاتصال، في حين تعمل الولايات المتحدة بنشاط على موازنة طموحات الصين في البحر الأبيض المتوسط. في هذا القسم، سوف نستكشف الآثار المترتبة على مبادرة الحزام والطريق، وقدرتها على إعادة تشكيل النظام العالمي، والتحالفات المتطورة في المنطقة.

يمكن القول إن مبادرة الحزام والطريق الصينية هي واحدة من أكثر مشاريع البنية التحتية والتنمية الاقتصادية طموحا في التاريخ. تمتد عبر آسيا وأوروبا وأفريقيا وخارجها ، وتسعى إلى إنشاء شبكة واسعة من الطرق البرية والبحرية ، وإحياء طرق التجارة القديمة. وتهدف مبادرة الحزام والطريق إلى تعزيز الترابط والتعاون الاقتصادي، مما يتحدى في نهاية المطاف هيمنة القوى الغربية على التجارة العالمية.

تمثل مبادرة الحزام والطريق تحولا جذريا في النظام العالمي، مما يفتح الأبواب أمام الشرق للانخراط على نطاق أوسع مع الغرب. ومن خلال تسهيل التجارة والربط عبر القارات، تسعى إلى تقليل أوقات الشحن وتكاليفه، وتعزيز النمو الاقتصادي للبلدان المشاركة. ومع ذلك ، من وجهة نظر الولايات المتحدة ، يسمح هذا المشروع للصين باكتساب ميزة اقتصادية ويشكل تهديدا كبيرا للهيمنة الغربية.

أصبح البحر الأبيض المتوسط ساحة حاسمة في المعركة من أجل النفوذ العالمي. أثارت استثمارات الصين في موانئ البحر الأبيض المتوسط، مثل ميناء بيرايوس في اليونان ومشاريع في إيطاليا وإسبانيا، مخاوف بشأن وجودها المتزايد في هذا الممر البحري الحيوي. إن الوصول إلى موانئ البحر الأبيض المتوسط يقلل من اعتماد الصين على مضيق ملقا، وهو نقطة ضعف محتملة، ويعزز مكانتها في المنطقة.

ترتبط مشاركة الصين في البحر الأبيض المتوسط ارتباطا وثيقا بتحالفاتها وشراكاتها، وخاصة مع روسيا وإيران وسوريا وتركيا. تشترك هذه الدول في مصالح مشتركة في مواجهة النفوذ الأمريكي وتعاونت اقتصاديا وعسكريا.

على سبيل المثال، أجرت الصين وروسيا مناورات بحرية مشتركة في البحر الأبيض المتوسط، مما يشير إلى عزمهما على تحدي الهيمنة الغربية التقليدية في المنطقة.

تعمل الولايات المتحدة وحلفاؤها الغربيون بنشاط لموازنة نفوذ الصين المتزايد على طول طريق الحرير وفي البحر الأبيض المتوسط.

وتشمل هذه التدابير تعزيز الشراكات العسكرية في المنطقة، وتقديم بدائل مالية لقروض مبادرة الحزام والطريق، وزيادة الوعي حول المخاطر الأمنية المحتملة المرتبطة بالاستثمارات الصينية.

يستمر المشهد الجيوسياسي في البحر الأبيض المتوسط ومنطقة طريق الحرير الأوسع في التطور، مع ما يترتب على ذلك من آثار كبيرة على السياسة والتجارة العالمية.

في حين أن مبادرة الحزام والطريق الصينية لا تزال محور التركيز الرئيسي، فإن الولايات المتحدة تستكشف استراتيجيات بديلة لحماية مصالحها وتحدي نفوذ الصين المتزايد. تتضمن إحدى هذه الاستراتيجيات خط ميناء الهند - حيفا، وهو مفهوم يهدف إلى تعزيز الاتصال الإقليمي.

ومع ذلك، فإن دراسة هذا الاقتراح يكشف عن تعقيدات وتحديات تثير تساؤلات حول جدواه وفعاليته في مواجهة مبادرة الحزام والطريق.

خط ميناء الهند-حيفا: اقتراح مضاد

اكتسب مفهوم خط ميناء الهند - حيفا الاهتمام كبديل لبعض جوانب مبادرة الحزام والطريق. يهدف هذا الممر البحري إلى ربط المحيط الهندي والبحر الأبيض المتوسط ، مما قد يقلل من أوقات الشحن وتكاليفه.

تثير العديد من التحديات العملية، بما في ذلك الإبحار عبر قناة السويس، والمخاوف الأمنية، والجدوى الاقتصادية، والأثر البيئي، تساؤلات حول جدواها.

القيود الجغرافية: يمر الطريق بين الهند وإسرائيل عبر قناة السويس، وهي نقطة اختناق مهمة تسيطر عليها مصر. وأي تعطيل أو نزاعات تتعلق بالقناة يمكن أن يعطل الممر بأكمله، مما يقوض موثوقيته وكفاءته.

المخاوف الأمنية: المنطقة التي سيمر بها الممر مليئة بالتوترات والصراعات الجيوسياسية. يتطلب الإبحار في هذه المياه بأمان موارد عسكرية كبيرة وتعاونا بين مختلف الدول.

الجدوى الاقتصادية: يتطلب بناء مثل هذا الممر وصيانته استثمارات ضخمة في البنية التحتية والأمن. وتثار تساؤلات حول الجدوى الاقتصادية لمثل هذا المشروع، وخاصة بالنظر إلى عدم اليقين المحيط بربحيته على المدى الطويل.

وفي حين أن خط ميناء الهند-حيفا والمبادرات الأخرى قد توفر بدائل، إلا أنها تواجه صعوبات في التنافس مع النطاق الشامل لمبادرة الحزام والطريق. يكمن مفتاح مواجهة مبادرة الحزام والطريق في التعاون متعدد الأطراف، والاتصال الرقمي، والقوة الناعمة، والمسؤولية البيئية، ومعالجة القوة الاقتصادية لمبادرة الحزام والطريق.

يمكن أن تساعد هذه الاستراتيجيات في حماية المصالح الغربية والحفاظ على الاستقرار في منطقتي البحر الأبيض المتوسط وطريق الحرير.

مع استمرار تحول المشهد الجيوسياسي العالمي وتطوره، يصبح من الواضح بشكل متزايد أن الصين وروسيا تستعدان لاكتساب ميزة كبيرة في المعركة الاقتصادية المستمرة من أجل النفوذ على طول طريق الحرير. تمثل مبادرة الحزام والطريق الصينية استراتيجية طموحة وبعيدة المدى، تشمل مشاريع البنية التحتية الضخمة والشراكات الاقتصادية التي تمتد عبر القارات.

ولا يمكن إنكار قدرة هذه المبادرة على إعادة تشكيل طرق التجارة العالمية، وتعزيز الاتصال، وتعزيز موطئ قدم الصين الاقتصادي.

إن التحالف الاستراتيجي بين الصين وروسيا، إلى جانب تعاونهما المتنامي مع إيران وسوريا وتركيا، يعزز موقفهما في المنطقة.

يخلق هذا التحالف قوة اقتصادية وجيوسياسية هائلة، تتحدى الهيمنة الغربية التقليدية التي ميزت الشؤون العالمية لعقود من الزمان.

وبينما تعمل الولايات المتحدة وحلفاؤها الغربيون بنشاط على موازنة نفوذ الصين وحماية مصالحهم، فإن نطاق مبادرة الحزام والطريق، إلى جانب الشراكات المتنوعة داخل التحالف بين الصين وروسيا وإيران وسوريا وتركيا، يشير إلى أن الصين وروسيا في وضع جيد لكسب اليد العليا في المعركة الاقتصادية الجارية.

ومع ذلك، لا يزال المستقبل غير مؤكد، وستعتمد النتيجة على مدى فعالية الدول الغربية في التكيف والتعاون والتأثير على نقاط قوتها للاستجابة لهذه الديناميات المتغيرة. أصبح طريق الحرير، الذي كان في يوم من الأيام قناة للتجارة والتبادل الثقافي، نقطة محورية في النضال من أجل التفوق الاقتصادي في القرن الـ21.

مرفأ بيروت

عهد جديد من السلام والازدهار

الخليج وإيران والصين يوحدون جهودهم لتحقيق رؤية ناجحة لعام 2030 تتوسع لتشمل متعاونين إقليميين

اجتمعت المملكة العربية السعودية ودول الخليج وإيران والصين لترسيخ سيناريو السلام والاستقرار والنجاح الاقتصادي في الشرق الأوسط. إن التزامهم الجماعي برؤية 2030 التحويلية يظهر الوحدة الإقليمية ويمهد الطريق لتطورات وتعاون كبير من شأنه أن يشكل مستقبل المنطقة بأكملها.

إن ضم إيران والصين يضيف بعدا جديدا للتعاون والمصالح المشتركة. وباعتبارهما لاعبين رئيسيين على الساحة العالمية، فإن مشاركتهما توفر فرصا للشراكات الاستراتيجية والتكامل الاقتصادي، مما يعزز نمو المنطقة وتأثيرها على الساحة الدولية.

تمثل مشاركة إيران في سيناريو السلام والازدهار تحولا كبيرا في الديناميات الإقليمية. ومن خلال رؤية مشتركة للاستقرار، تفتح مشاركة إيران الأبواب للحوار والتعاون، وتعزز مناخا من التفاهم والتعاون بين الدول ذات وجهات النظر المتنوعة. ويعزز هذا الجهد الجماعي إمكانية حل النزاعات، والأمن الإقليمي، والتعاون الاقتصادي.

إن مشاركة الصين تجلب موارد وخبرات اقتصادية هائلة إلى طاولة المفاوضات. وباعتبارها قوة اقتصادية عالمية، تحمل شراكة الصين مع الشرق الأوسط إمكانات هائلة للتعاون متبادل المنفعة، بما في ذلك الاستثمارات والتجارة وتطوير البنية التحتية. ويمكن لمبادرة الحزام والطريق الصينية، التي تتماشى مع خطط التنمية في المنطقة، تسريع تحقيق الأهداف المشتركة، وزيادة تعزيز النمو الاقتصادي والارتباطية.

إن إدراج هؤلاء اللاعبين الرئيسيين يضيف عمقا استراتيجيا ويضخم التأثير المحتمل لرؤية 2030. إن الجهود الجماعية للمملكة العربية السعودية ودول الخليج وإيران والصين لديها القدرة على إعادة تشكيل الجغرافيا السياسية الإقليمية، وتعزيز التجارة والاستثمارات عبر الحدود، وفتح سبل جديدة للتعاون في مختلف القطاعات مثل الطاقة والتكنولوجيا والبنية التحتية.

ويتيح ذلك أيضا فرصة للمبادرات الأمنية المشتركة وتعزيز التبادل الثقافي، وتعزيز التفاهم والتسامح بين الأمم. ويمكن أن يساعد النهج التعاوني في التخفيف من حدة الصراعات الإقليمية، ومكافحة التطرف، والتصدي للتحديات المشتركة، مثل الاستدامة البيئية وتغير المناخ.

وبينما تستمر التحديات والتعقيدات، تقدم عودة سوريا إلى العالم العربي لمحة عن مستقبل يتسم بالتعاون والازدهار والاستقرار. إن الجهود الجماعية في المنطقة، التي تسترشد برؤية 2030 وتتعزز من خلال التعاون الاستراتيجي، تحمل القدرة على تشكيل شرق أوسط مرن وموحد ومزدهر.

مع استمرار تطور التنمية ، سيكون من الضروري لجميع أصحاب المصلحة الحفاظ على الالتزام بالحوار المفتوح والاحترام المتبادل والجهود المستمرة نحو الأهداف المشتركة. من خلال تقديم التعاون الإقليمي وتسخير نقاط القوة الجماعية للمملكة العربية السعودية ودول الخليج وإيران والصين وسوريا، يقف الشرق الأوسط على أهبة الاستعداد لرسم مسار تحويلي، يعود بالنفع في نهاية المطاف على شعوبه والمنطقة الأوسع والعالم بأسره.

تمثل مشاركة المملكة العربية السعودية وإعادة دمج سوريا في العالم العربي تحولا كبيرا في الديناميات الإقليمية وتفتح آفاقا جديدة للتعاون والمشاركة. هذا التطور له أيضا تداعيات على موقف الولايات المتحدة والغرب بشكل عام.

لعبت الولايات المتحدة والغرب تاريخيا أدوارا مؤثرة في الشرق الأوسط، بدرجات متفاوتة من المشاركة في الشؤون الإقليمية. وبينما تتحرك المنطقة نحو سيناريو السلام والاستقرار والنجاح الاقتصادي، من المرجح أن تقوم الولايات المتحدة والدول الغربية بتقييم المشهد المتطور وتكييف استراتيجياتها وسياساتها وفقا لذلك.

إن إدراج الصين في التطورات الحالية يقدم لاعبا جديدا يتمتع بنفوذ اقتصادي موسع وتطلعات عالمية.

وقد يدفع ذلك الدول الغربية إلى إعادة تقييم مصالحها الاقتصادية والجيوسياسية في المنطقة، مع الأخذ في الاعتبار الوجود المتنامي للصين وآثاره على مصالحها الخاصة.

يضيف تدخل إيران طبقة أخرى من التعقيد إلى الديناميكيات بين الولايات المتحدة والغرب. وتوترت علاقة إيران مع الولايات المتحدة وبعض الدول الغربية في السنوات الأخيرة.

ومع ذلك، إذا ثبت أن مشاركة إيران في التعاون والاستقرار الإقليميين بناءة وتؤدي إلى نتائج إيجابية، فقد تؤثر على التصورات والنهج الغربية تجاه إيران.

تشير الاتفاقات بين الرئيس السوري بشار الأسد والسعودية ولي عهد محمد بن سلمان إلى تحولات محتملة في التحالفات والديناميكيات الإقليمية. قد تعيد الدول الغربية، ولا سيما تلك التي انتقدت نظام الأسد، تقييم مواقفها وتحقق فرصا للمشاركة الدبلوماسية والمشاركة في جهود إعادة الإعمار بعد الصراع.

ستواصل الولايات المتحدة والغرب إعطاء الأولوية لمصالحهما وقيمهما الوطنية أثناء الانخراط في المنطقة. وقد تراقب التطورات عن كثب، وتقيم مستوى الالتزام بالإصلاحات، وتقيم التأثير على ديناميكيات الأمن الإقليمي.

ومن المرجح أيضا أن تنظر الدول الغربية في كيفية توافق السيناريو المتطور مع أهداف سياستها الخارجية الأوسع وعلاقاتها مع الجهات الفاعلة الإقليمية الرئيسية.

قد تدفع التطورات الأخيرة الولايات المتحدة والغرب إلى إعادة تقييم مواقفهما واستراتيجياتهما وسياساتهما في المنطقة. نظرا لأن المشهد الجيوسياسي في الشرق الأوسط قد يخضع لتحول كبير، تواجه الولايات المتحدة إمكانية تضاؤل نفوذها وصعود قوى متنافسة مثل الصين وروسيا.

وردا على ذلك، قد تتبنى الولايات المتحدة نهجا متعدد الأوجه للحفاظ على سيطرتها الإقليمية. ويشمل ذلك تعزيز التحالفات مع الشركاء الرئيسيين، وتكثيف المشاركة الدبلوماسية، وتقديم الحوافز الاقتصادية، وتعزيز التعاون الأمني، وتشجيع الوساطة الإقليمية، وإقامة شراكات استراتيجية.

لعبت الولايات المتحدة تاريخيا دورا رائدا في تشكيل المشهد الجيوسياسي في الشرق الأوسط، بدافع من حماية مصالحها في الأمن، ومعارضة القوى المتنافسة، والحفاظ على نفوذها على الموارد الاستراتيجية الرئيسية وطرق التجارة. ومع ذلك، فإن التحالفات الجديدة والنفوذ الاقتصادي المتنامي للصين يتحدى الآن الهيمنة الأمريكية التقليدية في المنطقة.

وردا على ذلك، تواجه الإدارة الأمريكية معضلة: إما إعطاء الأولوية للدفاع عن مصالحها ومواجهة المنافسين للحفاظ على دور بارز في مستقبل الشرق الأوسط، أو تحويل التركيز وإعادة تنظيم المصالح إلى مكان آخر.

أحد الاحتمالات هو أن الولايات المتحدة قد تكثف جهودها للحفاظ على النفوذ الإقليمي من خلال تعزيز التحالفات مع شركاء مثل إسرائيل ودول الخليج وتوسيع الوجود العسكري والاتفاقيات الأمنية. يمكن للولايات المتحدة التأثير على النفوذ الدبلوماسي والاقتصادي لموازنة النفوذ الإقليمي المتنامي للصين وإيران.

ومع ذلك، فإن هذا النهج يخاطر بتأجيج التوترات والصراعات، لا سيما بالنظر إلى الديناميات الإقليمية التي تتشكل بشكل متزايد من قبل الجهات الفاعلة ذات المصالح المتضاربة. وعلاوة على ذلك، قد يكون حشد الدعم الدولي لسياسات الولايات المتحدة الأحادية أو ذات النتائج العكسية أمرا صعبا.

وبدلا من ذلك، يمكن للولايات المتحدة أن تتبنى نهجا أكثر دقة، والتكيف مع المشهد المتغير من خلال إشراك مراكز القوى الناشئة، وتعزيز الحوار والتعاون، ودعم المبادرات الدبلوماسية الشاملة لمواجهة التحديات المشتركة مثل الإرهاب والتطرف والأزمات الإنسانية.

ويمكن أن يشمل ذلك استكشاف الانفتاح الدبلوماسي مع إيران، ودعم حل النزاعات متعددة الأطراف، والتوافق مع أصحاب المصلحة الرئيسيين بشأن المصالح المشتركة مثل الطاقة والتنمية الاقتصادية.

وفي نهاية المطاف، ستعتمد استجابة الإدارة الأمريكية على الموازنة الدقيقة بين المصالح الاستراتيجية، وجدوى أهداف السياسة، واستعداد الشركاء الإقليميين والدوليين للتعاون.

ومع تطور المشهد الجيوسياسي، ستحتاج الولايات المتحدة إلى مواجهة تحديات صعبة واتباع نهج متوازن يعطي الأولوية للاستقرار والأمن والازدهار في المنطقة مع حماية مصالحها الخاصة والحفاظ على دور بارز في تشكيل مستقبل الشرق الأوسط.

موانئ البحار الخمسة

ربط القارات ودفع عجلة التجارة

تعمل الموانئ كشريان حياة حيوي للتجارة العالمية ، حيث تعمل كمحاور حاسمة في شبكات النقل التي تربط البلدان والقارات. من بين العديد من الموانئ في جميع أنحاء العالم ، يتميز بعضها بشكل خاص بمواقعها الاستراتيجية وبنيتها التحتية الواسعة ومساهماتها الكبيرة في اقتصاداتها.

دعونا نفحص التفاصيل والإحصاءات والأهمية الاقتصادية لبعض هذه الموانئ البارزة.

ميناء بيرايوس، اليونان

ميناء بيرايوس في اليونان هو أكبر ميناء في البلاد وواحد من أكثر الموانئ ازدحاما في البحر الأبيض المتوسط. بفضل موقعها الاستراتيجي على بوابة أوروبا وآسيا وأفريقيا ، تعد بيرايوس بوابة حيوية للتجارة الدولية.

تتعامل مع البضائع المتنوعة مثل الحاويات والبضائع السائبة وعبارات الركاب. في السنوات الأخيرة ، نمت Piraeus بشكل كبير ، حيث تجاوزت إنتاجية الحاويات 5 ملايين حاوية مكافئة في عام 2020.

إن بنيتها التحتية البحرية الواسعة والخدمات اللوجستية الفعالة تجعلها مركزا رئيسيا لإعادة الشحن ، مما يعزز النمو الاقتصادي والربط التجاري في اليونان والمنطقة الأوسع.

ميناء نوفوروسيسك، روسيا

يعد أكبر ميناء روسي على البحر الأسود ، ميناء نوفوروسيسك ، بوابة بحرية مهمة ، خاصة لتصدير النفط الخام والمنتجات البترولية والحبوب.

في عام 2020 ، تعاملت مع أكثر من 131 مليون طن من البضائع ، مع النفط والمنتجات ذات الصلة التي تشكل حصة كبيرة.

مع البنية التحتية الحديثة والروابط إلى شبكات السكك الحديدية والطرق الواسعة ، تساهم نوفوروسيسك بشكل كبير في التجارة البحرية والتوسع الاقتصادي في روسيا.

ميناء كونستانتا، رومانيا

باعتباره أكبر ميناء في البحر الأسود ، يعد ميناء كونستانتا في رومانيا بوابة حيوية لوسط وشرق أوروبا. وهي تتعامل مع البضائع المتنوعة بما في ذلك النفط والفحم والحبوب ، وتعمل كحلقة وصل حاسمة بين أوروبا وآسيا والشرق الأوسط.

وفي عام 2020، تعاملت مع أكثر من 59 مليون طن من البضائع، مما يدل على أهميتها في تسهيل التجارة الدولية والربط البحري في المنطقة. موقعها الاستراتيجي واتصالها متعدد الوسائط يجعلها مركزا لوجستيا لا غنى عنه ، يدعم التجارة والاستثمار في رومانيا.

ميناء باكو، أذربيجان

على ساحل بحر قزوين في أذربيجان ، يعد ميناء باكو بوابة بحرية رئيسية للبلاد والمنطقة الأوسع. وهي تتعامل مع مختلف البضائع مثل النفط والمواد الكيميائية والسائبة الجافة ، وتلعب دورا حيويا في تعزيز التجارة والتعاون الإقليميين.

في السنوات الأخيرة ، خضع الميناء لتوسعة وتحديث كبيرين لتعزيز قدرته وكفاءته. بفضل بنيتها التحتية الاستراتيجية واتصالاتها الدولية ، تساعد باكو النمو الاقتصادي والتكامل الإقليمي لأذربيجان.

ميناء تركمانباشي، تركمانستان

وباعتبارها أكبر ميناء في تركمانستان، فإن تركمانباشي حيوية لتسهيل التجارة بين دول آسيا الوسطى غير الساحلية والأسواق العالمية.

ومن خلال مناولة البضائع المتنوعة بما في ذلك النفط والمواد الكيميائية والسائبة الجافة، تعمل كنقطة عبور حاسمة للتجارة الإقليمية. موقعها الاستراتيجي على ممر اللازورد ووصلات إلى شبكات السكك الحديدية والطرق يجعلها مركزا لوجستيا أساسيا ، مما يدعم التقدم الاقتصادي والاتصال في تركمانستان والدول المجاورة.

ميناء جدة, المملكة العربية السعودية

يعد أكبر ميناء في المملكة العربية السعودية ، جدة ، مركزا رئيسيا لإعادة الشحن للبضائع المتجهة إلى الشرق الأوسط وأفريقيا وخارجها. يساهم موقعها الاستراتيجي على ممرات الشحن الرئيسية والبنية التحتية الحديثة في أهميتها في سلسلة التوريد العالمية. تتعامل مع البضائع المتنوعة مثل الحاويات والبضائع السائبة والمنتجات البترولية.

مع أحدث المرافق والخدمات الفعالة ، تلعب جدة دورا حيويا في تسهيل التجارة الدولية ودفع التوسع الاقتصادي في المملكة العربية السعودية.

ميناء جيبوتي، جيبوتي

عند المدخل الجنوبي للبحر الأحمر، يعد ميناء جيبوتي بوابة بحرية حيوية لشرق أفريقيا والقرن الأفريقي. مرافقها الحديثة وخدماتها اللوجستية تجعلها الخيار المفضل لشركات الشحن ومقدمي الخدمات اللوجستية في المنطقة.

وهي تتعامل مع البضائع المتنوعة بما في ذلك الحاويات والبضائع السائبة والمنتجات البترولية ، ودعم التجارة والتنمية في جيبوتي والدول المجاورة. بلغ إنتاج الحاويات أكثر من 1.5 مليون حاوية مكافئة في عام 2020 ، مما يشير إلى نمو كبير في الآونة الأخيرة.

ميناء دبي، الإمارات العربية المتحدة

موقع دبي الاستراتيجي وبنيتها التحتية المتقدمة جعلتها واحدة من أكثر الموانئ ازدحاما في العالم. بصفته البوابة البحرية الرئيسية لدولة الإمارات العربية المتحدة ومنطقة الخليج الأوسع ، يتعامل ميناء دبي مع البضائع الضخمة بما في ذلك الحاويات والبضائع السائبة والمنتجات البترولية. وقد ساهمت مرافقها الحديثة وعملياتها الفعالة في ترسيخ مكانة دبي كقوة لوجستية عالمية، مما دفع عجلة التوسع والتنويع الاقتصادي لدولة الإمارات العربية المتحدة.

في عام 2020 ، تجاوزت إنتاجية الحاويات 14 مليون حاوية مكافئة ، مما يدل على أهميتها في تسهيل التجارة والتبادل التجاري العالمي.

ميناء بندر عباس، إيران

يلعب بندر عباس، أكبر ميناء في إيران، دورا حيويا في التجارة مع الخليج الفارسي وما وراءه. وهي تتعامل مع مختلف البضائع مثل الحاويات والبضائع السائبة والمنتجات البترولية ، وتعمل كحلقة وصل حاسمة بين إيران والشرق الأوسط والأسواق الدولية.

إن موقعها الاستراتيجي واتصالاتها الداخلية الواسعة تجعلها مركزا لوجستيا إقليميا مهما ، مما يدعم التقدم الاقتصادي والتكامل الإقليمي لإيران.

ميناء اسطنبول، تركيا

باعتبارها أكبر مدينة ومركز اقتصادي في تركيا ، تستضيف اسطنبول موانئ رئيسية مثل حيدر باشا وأمبرلي على طول ساحلها. تلعب هذه الموانئ دورا حيويا يربط تركيا بالأسواق العالمية ، حيث تعمل كبوابات مهمة للواردات والصادرات بين أوروبا وآسيا. إن موقع اسطنبول الاستراتيجي على مفترق الطرق يجعلها مركزا بحريا رئيسيا على البحر الأسود ، مما يدعم التجارة والنقل والصناعة عبر القطاعات.

ميناء شنغهاي، الصين

عند مصب نهر اليانغتسي ، يعد ميناء شنغهاي الصيني أكثر موانئ الحاويات ازدحاما في العالم وبوابة بحرية حيوية للتجارة العالمية للصين. من خلال التعامل مع البضائع الضخمة بما في ذلك الحاويات والبضائع السائبة والسيارات ، تلعب شنغهاي دورا مركزيا في دفع النمو الاقتصادي للصين ومنطقة آسيا والمحيط الهادئ والتجارة الدولية. إن مرافقها الحديثة وكفاءتها وروابط النقل الداخلي الاستراتيجية تجعلها عقدة حاسمة في سلسلة التوريد العالمية.

ميناء شنتشن ، الصين

يعد ميناء شنتشن الصيني ، المتاخم لهونغ كونغ ، أحد أكثر موانئ الحاويات ازدحاما في العالم وبوابة بحرية رئيسية في جنوب الصين.

التعامل مع كميات كبيرة من البضائع مثل الحاويات والإلكترونيات والمنسوجات ، شنتشن أمر بالغ الأهمية لدعم اقتصاد التصدير في الصين.

بنيتها التحتية الحديثة وكفاءتها وموقعها الاستراتيجي على طول طرق الشحن الرئيسية تجعلها الخيار المفضل لشركات الشحن العالمية ومقدمي الخدمات اللوجستية. تستمر إنتاجية الحاويات في النمو ، مما يعكس أهميتها في تسهيل التجارة الدولية.

ميناء السويس, مصر

على الساحل الشمالي للبحر الأحمر في مصر ، يعد ميناء السويس أحد أكثر الموانئ ازدحاما واستراتيجية في العالم. باعتبارها بوابة قناة السويس ، فإنها توفر رابطا تجاريا حيويا بين أوروبا وآسيا وأفريقيا.

تتعامل مع البضائع المتنوعة بما في ذلك الحاويات والبضائع السائبة والمنتجات البترولية ، مما يدعم الاقتصاد المصري والتجارة العالمية. نمت إنتاجية الحاويات بشكل مطرد إلى أكثر من 4.5 مليون حاوية مكافئة في عام 2020.

مرفأ بيروت، لبنان

تاريخيا، كان مرفأ بيروت مركزا حيويا في شرق البحر الأبيض المتوسط، ويتعامل مع شحنات مختلفة مثل الحاويات والبضائع السائبة والمنتجات البترولية، ويلعب دورا حاسما في دعم اقتصاد لبنان والاتصال الإقليمي. وعلى الرغم من التحديات مثل عدم الاستقرار السياسي وقيود البنية التحتية، إلا أنه لا يزال بوابة أساسية للواردات والصادرات، مما يساهم في التقدم التجاري والاقتصادي في لبنان.

ميناء الإسكندرية, مصر

على ساحل البحر الأبيض المتوسط في مصر ، يعد ميناء الإسكندرية أحد أقدم الموانئ وأكثرها ازدحاما في البلاد.
يتعامل مع البضائع المتنوعة بما في ذلك الحاويات والبضائع السائبة وعبارات الركاب ، وهو بمثابة بوابة بحرية حيوية لمصر والمنطقة. موقعها الاستراتيجي ومرافقها الحديثة تجعلها مركزا مهما للتجارة الدولية والتجارة. نمت إنتاجية الشحن بشكل مطرد ، مما يعكس أهميتها للتجارة والتنمية الاقتصادية في مصر.

تلعب هذه الموانئ في مناطق العالم المختلفة دورا حاسما في تسهيل التجارة والتبادل التجاري العالمي. من خلال بنيتها التحتية الاستراتيجية وكفاءتها وخدماتها البحرية الواسعة ، فإنها تساهم بشكل كبير في النمو الاقتصادي والتنمية الإقليمية والاتصال الدولي.

وباعتبارها عقدا حيوية في سلسلة التوريد العالمية، تواصل هذه الموانئ التكيف والابتكار لتلبية المتطلبات المتطورة للتجارة الدولية، وضمان التدفق السلس للسلع والسلع في جميع أنحاء العالم.

الحدود البرية الاقتصادية

الحدود التركية الإيرانية

- الطول: حوالي 499 كيلومترا (310 ميلا).
- المنتجات الرئيسية: النفط الخام والغاز الطبيعي والآلات والمنسوجات والمنتجات الزراعية.
- المعابر الحدودية: بازركان (إيران) – غوربولاك (تركيا)، إيسيندير (تركيا) – بازركان (إيران).
- حجم التجارة الدولية: بلغ إجمالي حجم التجارة بين تركيا وإيران 3.5 مليار دولار في عام 2020.

الحدود التركية السورية

- الطول: حوالي 822 كيلومترا (511 ميلا).
- المنتجات الرئيسية: المنسوجات وقطع غيار السيارات والمنتجات الغذائية ومواد البناء.
- المعابر الحدودية: سيلفيغ (تركيا) – بيب الهوى (سوريا)، ناكابينار (تركيا) – بيب السلام (سوريا).

- حجم التجارة الدولية: بلغ إجمالي حجم التجارة بين تركيا وسوريا 3.2 مليار دولار في عام 2020.

الحدود التركية العراقية

- الطول: حوالي 384 كيلومترا (239 ميلا).
- المنتجات الرئيسية: المنتجات البترولية ومواد البناء والآلات الكهربائية والمواد الغذائية.
- المعابر الحدودية: خابور (تركيا) – إبراهيم خليل (العراق)، سيلوبي (تركيا) – زاخو (العراق).
- حجم التجارة الدولية: بلغ إجمالي حجم التجارة بين تركيا والعراق 10.8 مليار دولار في عام 2020.

الحدود العراقية الإيرانية

- الطول: حوالي 1,458 كيلومتر (906 ميل).
- المنتجات الرئيسية: المنتجات البترولية والسلع الزراعية والآلات والسلع الاستهلاكية.
- المعابر الحدودية: مهران (إيران) – مندلي (العراق)، برويز خان (إيران) – حاج عمران (العراق).
- حجم التجارة الدولية: بلغ إجمالي حجم التجارة بين العراق وإيران 12.4 مليار دولار في عام 2020.

الحدود الأردنية السورية

- الطول: حوالي 375 كيلومترا (233 ميلا).
- المنتجات الرئيسية: الفوسفات، المنتجات الزراعية، الملابس، والسلع الاستهلاكية.
- المعابر الحدودية: جابر/نصيب (الأردن) – الرمثا (سوريا)، المدورة (الأردن) – درعا (سوريا).
- حجم التجارة الدولية: بلغ إجمالي حجم التجارة بين الأردن وسوريا 216 مليون دولار في عام 2020.

الحدود الروسية الصينية

- الطول: الحدود بين روسيا والصين هي أطول حدود دولية في العالم ، وتمتد حوالي 4,209 كيلومترات (2,615 ميلا).
- المنتجات الرئيسية: البترول والغاز الطبيعي والأخشاب والمعادن والآلات والسلع الاستهلاكية.
- المعابر الحدودية: مانتشولي (الصين) - زابايكالسك (روسيا) ، سويفينهي (الصين) - غروديكوفو (روسيا).
- حجم التجارة الدولية: بلغ إجمالي حجم التجارة بين روسيا والصين 107.1 مليار دولار في عام 2020.

الحدود الروسية الكازاخستانية

- الطول: حوالي 7,591 كيلومتر (4,714 ميل).
- المنتجات الرئيسية: النفط الخام والغاز الطبيعي والمعادن والمنتجات الزراعية والآلات.
- المعابر الحدودية: دوستيك (كازاخستان) – زابايكالسك (روسيا) ، خورغوس (كازاخستان) – ألتينكول (روسيا).
- حجم التجارة الدولية: بلغ إجمالي حجم التجارة بين روسيا وكازاخستان 18.9 مليار دولار في عام 2020.

الحدود بين الهند والصين

- الطول: تمتد الحدود بين الهند والصين على طول حوالي 3,488 كيلومترا (2,167 ميلا).
- المنتجات الرئيسية: الإلكترونيات والآلات والأدوية والمنتجات الزراعية والمواد الخام.
- المعابر الحدودية: نائو لا (الهند) - رينكينغونغ (الصين) ، ممر ليبوليخ (الهند) - تاكلاكوت (الصين).
- حجم التجارة الدولية: بلغ إجمالي حجم التجارة بين الهند والصين 77.7 مليار دولار في عام 2020.

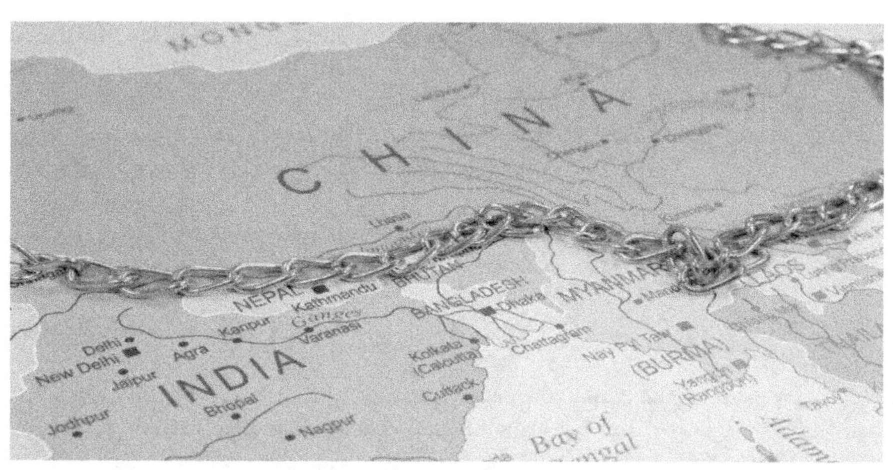

MONGO
CHINA
Lhasa
NEPAL
Kathmandu
Kanpur
Ganges
Varanasi
BHUTAN
BANGLADESH
Dhaka
MYANMAR
LAOS
Delhi
New Delhi
Agra
Jaipur
INDIA
Bhopal
Jodhpur
Nagpur
Kolkata
(Calcutta)
Cuttack
Chattagram
Nay Pyi Taw
(BURMA)
Yangon
(Rangoon)
Tavoy
Bay of
Bengal
Andam

الصادرات / الاستيراد من العالم القديم

الصادرات من منطقة العالم القديم إلى بقية العالم

في عام 2020 ، شكلت آسيا حوالي 40٪ من إجمالي صادرات العالم ، حيث كانت الصين أكبر مصدر على مستوى العالم ، تليها مصدرات مهمات أخرى مثل اليابان وكوريا الجنوبية ودول في الشرق الأوسط.

بلغت صادرات الصين أكثر من 2.6 تريليون دولار في عام 2020 ، مما يجعلها أكبر مصدر في العالم ، وفقا لبيانات منظمة التجارة العالمية (WTO).

ومن بين المصدرين الرئيسيين الآخرين في المنطقة اليابان، حيث بلغ إجمالي الصادرات حوالي 700 مليار دولار، وكوريا الجنوبية، التي تجاوزت صادراتها 500 مليار دولار في عام 2020.

تصدر دول في الشرق الأوسط ، بما في ذلك المملكة العربية السعودية وقطر والإمارات العربية المتحدة ، في المقام الأول المنتجات البترولية والبتروكيماوية ، مما يساهم بشكل كبير في صادرات الطاقة العالمية.

الواردات إلى العالم القديم من بقية العالم

تعد آسيا أيضا مستوردا رئيسيا للسلع والخدمات من بقية العالم ، حيث تستورد الصين والهند واليابان ودول أخرى في المنطقة كميات هائلة من السلع لدعم صناعاتها وتلبية الطلب المحلي.

بلغت واردات الصين أكثر من 2 تريليون دولار في عام 2020 ، مما يجعلها ثاني أكبر مستورد بعد الولايات المتحدة.

بلغ إجمالي واردات الهند حوالي 600 مليار دولار في عام 2020 ، وفقا لبيانات منظمة التجارة العالمية ، مما يسلط الضوء على أهميتها كمستورد رئيسي في المنطقة.

ومن بين المستوردين المهمين الآخرين في آسيا اليابان وكوريا الجنوبية وتايوان ، التي تستورد الآلات والمعدات والمواد الخام والسلع الاستهلاكية لدعم اقتصاداتها.

حجم التجارة والأثر الاقتصادي للبلدان الرئيسية

روسيا ، باحتياطياتها الهائلة من الموارد الطبيعية ، هي مصدر رئيسي للنفط والغاز الطبيعي والمعادن. في عام 2020 ، بلغ إجمالي صادرات روسيا أكثر من 300 مليار دولار ، حيث يمثل النفط والغاز جزءا كبيرا من صادراتها.

تركيا هي مركز تجاري رئيسي ، حيث تعمل كجسر بين أوروبا وآسيا. في عام 2020، بلغت صادرات تركيا حوالي 170 مليار دولار، وكانت الآلات ومنتجات السيارات والمنسوجات من بين أهم فئات التصدير.

صدرت الهند ، باقتصادها الكبير والمتنوع ، سلعا تزيد قيمتها عن 300 مليار دولار في عام 2020. تشمل صادرات الهند المنسوجات والمستحضرات الصيدلانية ومنتجات السيارات وخدمات البرمجيات.

وعلى الرغم من مواجهة إيران عقوبات دولية، فقد صدرت سلعا تزيد قيمتها على 90 مليار دولار في عام 2020، تتكون بشكل أساسي من النفط والغاز الطبيعي والمنتجات البتروكيماوية.

تشتهر تايوان بصناعتها التحويلية عالية التقنية وتصدير سلع تزيد قيمتها عن 340 مليار دولار في عام 2020 ، بما في ذلك أشباه الموصلات والإلكترونيات والآلات.

تساهم قطر والمملكة العربية السعودية، المصدرتان الرئيسيتان للنفط والغاز الطبيعي، بشكل كبير في أسواق الطاقة العالمية. في عام 2020، بلغ إجمالي صادرات قطر أكثر من 60 مليار دولار، في حين تجاوزت صادرات المملكة العربية السعودية 200 مليار دولار.

وبالمقارنة مع المناطق الأخرى، تبرز آسيا (بما في ذلك الشرق الأوسط) كقوة في التجارة العالمية، مع مساهماتها الكبيرة في كل من الصادرات والواردات. ويؤكد حجم التجارة والأثر الاقتصادي لدول رئيسية مثل روسيا وتركيا والهند وإيران وتايوان وقطر والمملكة العربية السعودية على الدور الحاسم للمنطقة في دفع عجلة النمو الاقتصادي والازدهار على نطاق عالمي.

روسيا

روسيا هي مصدر رئيسي للنفط والغاز الطبيعي ، حيث تمثل منتجات النفط والغاز جزءا كبيرا من صادراتها.

في عام 2020 ، بلغ إجمالي صادرات روسيا من النفط والمنتجات البترولية أكثر من 160 مليار دولار ، وفقا لبيانات دائرة الجمارك الفيدرالية الروسية.

كما تساهم صادرات الغاز الطبيعي بشكل كبير في عائدات التجارة الروسية، حيث بلغت الصادرات حوالي 50 مليار دولار في عام 2020.

إيران

تشتهر إيران باحتياطياتها الهائلة من النفط والغاز الطبيعي ، مما يجعل المنتجات البترولية وصادرات الغاز مكونات رئيسية لاقتصادها.

في عام 2020، بلغت صادرات إيران من النفط والمنتجات البترولية أكثر من 20 مليار دولار، على الرغم من مواجهة العقوبات الدولية التي أثرت على قطاع الطاقة.

كما تساهم صادرات الغاز الطبيعي من إيران في إيراداتها التجارية، حيث بلغ إجمالي الصادرات حوالي 10 مليارات دولار في عام 2020.

قطر

قطر هي واحدة من أكبر مصدري الغاز الطبيعي المسال في العالم (LNG) ، مما يجعل الغاز الطبيعي محركا أساسيا لاقتصادها.

في عام 2020 ، تجاوزت صادرات قطر من الغاز الطبيعي المسال والغاز الطبيعي 40 مليار دولار ، وفقا لبيانات جهاز الإحصاء القطري.

تصدر قطر المنتجات البترولية مثل النفط الخام والنفط المكرر، مما يساهم في إجمالي إيراداتها التجارية.

المملكة العربية السعودية

المملكة العربية السعودية هي أكبر مصدر للنفط الخام والمنتجات البترولية في العالم ، حيث تشكل صادرات النفط العمود الفقري لاقتصادها.

في عام 2020 ، بلغ إجمالي صادرات المملكة العربية السعودية من النفط الخام والمنتجات البترولية أكثر من 180 مليار دولار ، وفقا لبيانات مؤسسة النقد العربي السعودي.

المنتجات البتروكيماوية، بما في ذلك البلاستيك والكيماويات والأسمدة، هي أيضا سلع تصديرية مهمة للمملكة العربية السعودية، مما يساهم في إيراداتها التجارية.

تركيا

تلعب تركيا دورا مهما في تجارة الطاقة، حيث تعمل كمركز عبور لخطوط أنابيب النفط والغاز الطبيعي وسوق رئيسي لواردات الطاقة.

وفيما يتعلق بالغاز الطبيعي، تعتمد تركيا بشكل كبير على الواردات لتلبية الطلب المحلي. وهي تستورد الغاز الطبيعي في المقام الأول من روسيا وإيران وأذربيجان وغيرها.

وبحسب بيانات مؤسسة الإحصاء التركية (TurkStat)، فقد بلغت واردات تركيا من الغاز الطبيعي نحو 12 مليار دولار في عام 2020، ما يعكس اعتمادها على مصدر الطاقة هذا.

تستورد تركيا النفط الخام والمنتجات البترولية لتلبية احتياجاتها من الطاقة. في عام 2020، بلغت قيمة واردات تركيا من النفط الخام والمنتجات البترولية أكثر من 25 مليار دولار.

تمتلك تركيا أيضا صناعة بتروكيماويات كبيرة، تنتج مجموعة متنوعة من المنتجات الكيميائية المشتقة من البترول والغاز الطبيعي. وتشمل هذه المنتجات البلاستيك والأسمدة والألياف الاصطناعية وغيرها.

بلغت قيمة صادرات تركيا من المنتجات البتروكيماوية حوالي 10 مليارات دولار في عام 2020، مما ساهم في إجمالي إيراداتها التجارية.

تشمل أحجام التجارة والتبادل الاقتصادي لتركيا واردات كبيرة من الغاز الطبيعي والنفط الخام والمنتجات البترولية، فضلا عن صادرات المنتجات البتروكيماوية. تلعب هذه السلع دورا حاسما في تلبية احتياجات تركيا من الطاقة ودفع قطاعها الصناعي.

Zonguldak
Haydarpaşa
Samsun
Hopa
İstanbul
Ereğli
Trabzon
Bandırma
Borusan
Derince
Dardanel
İzmit Tütün Çiftlik
Çanakkale
Mudanya
Nemrut
TÜRKİYE
Aliağa
İzmir
Antalya
İskenrur
Mersin
Taşucu
İskenderun

فرق تسد لقهر

إن الجغرافيا السياسية للعالم القديم متجذرة بعمق في التاريخ والثقافة والأولويات الاستراتيجية التي تطورت على مدى قرون عديدة. لفهم ديناميكيات المنطقة حقا، من الضروري فهم الاستراتيجيات والدوافع المتنوعة للجهات الفاعلة المؤثرة، وخاصة الولايات المتحدة وشركائها الغربيين.

إحدى السمات المميزة للعالم القديم هي موقعه المهم على مفترق الطرق الذي يربط بين قارات متعددة. هذه العلاقة بين طرق التجارة وخطوط أنابيب الطاقة والمنافسة الجيوسياسية جعلت المنطقة، وخاصة البحر الأبيض المتوسط، مركزا تاريخيا للتجارة العالمية والقوة البحرية التي تجذب الإمبراطوريات والقوى العظمى.

كقوة عالمية مهيمنة، اتبعت الولايات المتحدة نهجا متعدد الأوجه في العالم القديم يهدف إلى الحفاظ على النفوذ وحماية المصالح ومعالجة التهديدات. وهذا ينطوي على جهود دبلوماسية واقتصادية وعسكرية منسقة لتعزيز الأولويات الأمريكية وتشكيل الشؤون الإقليمية.

في العقود الأخيرة، تحدت القوى الصاعدة مثل الصين وروسيا هيمنة الولايات المتحدة، وسعت إلى نفوذ أكبر من خلال مشاريع البنية التحتية والاستثمارات والدبلوماسية. وتهدف مبادرة الحزام والطريق الصينية إلى توسيع الترابط الإقليمي والنفوذ الاقتصادي. تسيطر روسيا على الأصول العسكرية وموارد الطاقة والتحالفات لتأكيد المصالح، كما رأينا في أوكرانيا.

وردا على ذلك، عززت الولايات المتحدة علاقاتها مع حلف شمال الأطلسي والشركاء الإقليميين الرئيسيين من خلال عمليات الانتشار العسكري والتدريبات والمساعدات لطمأنة الحلفاء وردع الخصوم والحفاظ على الاستقرار.

كما استخدمت العقوبات والصفقات التجارية وغيرها من الأدوات الاقتصادية لتعزيز المصالح وممارسة الضغط على المعارضين الإقليميين مثل إيران.

مارست الولايات المتحدة وشركاؤها الغربيون تاريخيا السيطرة في تشكيل الأحداث في العالم القديم، بدافع من المصالح الاقتصادية والسياسية والأمنية.

كان جزء رئيسي من نهجهم هو السيطرة على نقاط الاختناق البحرية الحيوية مثل قناة السويس ومضيق هرمز، والتي تعتبر حاسمة للتجارة العالمية وتدفقات الطاقة. ومن خلال ممارسة السلطة على هذه الممرات المائية الرئيسية، فإنها تهدف إلى حماية حصصها الاقتصادية ونفوذها في جميع أنحاء المنطقة.

لم تكن التدخلات في أفغانستان والعراق من قبل التحالف الذي تقوده الولايات المتحدة مدفوعة فقط بالمخاوف بشأن الإرهاب وأسلحة الدمار الشامل ولكن أيضا بأهداف جيوسياسية أوسع.

وفي أفغانستان، كان الهدف هو تعطيل الشبكات الإرهابية وحرمان المتطرفين من الملاذ الآمن، مع اكتساب موطئ قدم استراتيجي في آسيا الوسطى. وعلى نحو مماثل، كان غزو العراق يهدف إلى الإطاحة بصدام حسين من السلطة وإعادة تشكيل المشهد السياسي في الشرق الأوسط بما يتماشى مع مصالح الولايات المتحدة.

وعلاوة على ذلك، حاولت الولايات المتحدة وشركاؤها تقييد نفوذ القوى الإقليمية مثل إيران، التي جعلت طموحاتها وخطرها المتصور على المصالح الغربية منها نقطة محورية للتنافس الجيوسياسي.

ومن خلال دعم القوى المناهضة للحكومة في بلدان مثل سوريا واليمن، يسعون إلى تقويض مجال نفوذ إيران ومنعها من تحدي هيمنتهم في المنطقة.

لقد أضاف ظهور الصين كقوة اقتصادية عالمية كبرى طبقة أخرى إلى الديناميكيات الجيوسياسية للعالم القديم.

تدرك الولايات المتحدة وحلفاؤها تماما نفوذ الصين المتنامي وحاولوا موازنة صعودها من خلال الحفاظ على وجود عسكري قوي في المنطقة وبناء تحالفات مع دول مثل الهند واليابان.

وقد أدى الخوف من وصول الصين إلى طرق بحرية استراتيجية وتوسيع وجودها في البحر الأبيض المتوسط إلى زيادة الجهود الغربية للحفاظ على السيطرة على المنطقة.

يبدو أن التدخلات العسكرية للولايات المتحدة في أفغانستان والعراق، فضلا عن الحروب الأهلية المستمرة في سوريا واليمن، هي جزء من خطة أكبر لفرض السيطرة والسلطة على الشرق الأوسط. وفي أفغانستان، كان الهدف هو تعطيل الشبكات الإرهابية والحصول على موطئ قدم في منطقة ذات أهمية استراتيجية. وفي العراق، استخدم مبرر إزالة أسلحة الدمار الشامل لترشيد تغيير الحكومة الذي من شأنه أن يعزز مصالح أميركا الإقليمية.

حاولت الولايات المتحدة وشركاؤها تقييد قوة إيران، وهي قوة إقليمية لها طموحات خاصة بها. ومن خلال زعزعة استقرار الدول المجاورة وتأجيج التوترات الطائفية، يسعون إلى إضعاف مجال نفوذ إيران ومنعها من تحدي تفوقهم.

وتجسد حرب العراق، التي أعقبها دعم الميليشيات المناهضة للحكومة في سوريا، هذه السياسة.

حاولت الولايات المتحدة منع الصين من إنشاء طريق تجاري مباشر إلى البحر الأبيض المتوسط، خوفا من أن يقوض ذلك سلطتها الاقتصادية وأولوياتها الاستراتيجية.

ومن خلال الحفاظ على وجود عسكري في المنطقة ودعم الأنظمة المتحالفة معها، فإنها تهدف إلى السيطرة على الوصول إلى ممرات العبور الرئيسية والحد من نفوذ الصين.

<h1 style="text-align:center">الاستعمار والإمبريالية</h1>

لقد ترك إرث الاستعمار والإمبريالية آثارا لا تمحى على العالم القديم، حيث قامت القوى الأوروبية بتقسيم المنطقة، واستغلال مواردها، وفرض حدود مصطنعة لا تزال تشكل الديناميات السياسية حتى يومنا هذا.

على سبيل المثال، قسمت اتفاقية سايكس بيكو لعام 1916 الشرق الأوسط إلى مناطق نفوذ بين بريطانيا وفرنسا، مما وضع الأساس لعقود من عدم الاستقرار والصراع.

تضيف الثقافات واللغات والأديان الغنية في العالم القديم طبقة أخرى من التعقيد إلى ديناميكياته الجيوسياسية.

المنطقة هي موطن لمجتمعات عرقية ودينية متنوعة، بما في ذلك العرب والفرس والأتراك والأكراد واليهود والمسيحيين والمسلمين، ولكل منهم تطلعاته ومظالمه وولاءاته الخاصة.

كان الانقسام السني الشيعي، على وجه الخصوص، مصدرا للتوتر والصراع، مما أدى إلى تأجيج الحروب بالوكالة والعنف الطائفي في جميع أنحاء المنطقة.

الفاعلون الرئيسيون والمنافسات الجيوسياسية

العالم القديم هو مسرح للمنافسة الجيوسياسية الشديدة ، حيث تتنافس جهات فاعلة متعددة على النفوذ والسيطرة على أصولها وأراضيها الاستراتيجية.

ومن بين اللاعبين الرئيسيين الولايات المتحدة وروسيا والصين وإيران وتركيا والقوى الإقليمية مثل المملكة العربية السعودية وإسرائيل ومصر.

تسعى كل جهة فاعلة إلى تحقيق مصالحها وأجنداتها الخاصة، وغالبا ما تتداخل وتتعارض مع مصالح وأجندات الآخرين، مما يؤدي إلى شبكة معقدة من التحالفات والمنافسات والصراعات على السلطة.

لطالما كانت الولايات المتحدة القوة الخارجية المهيمنة في العالم القديم، حيث تمارس نفوذها العسكري والاقتصادي والدبلوماسي لتشكيل الجغرافيا السياسية للمنطقة بما يتماشى مع مصالحها. من حقبة الحرب الباردة إلى الحرب على الإرهاب، اتسمت السياسة الخارجية الأميركية بمزيج من التدخل، والاحتواء، وبناء التحالفات بهدف الحفاظ على الاستقرار، وحماية إمدادات الطاقة، ومواجهة التهديدات المتصورة لأمنها.

ومن ناحية أخرى، تسعى روسيا إلى تأكيد نفوذها وحماية مصالحها الاستراتيجية في العالم القديم، وخاصة في أوروبا الشرقية والقوقاز والشرق الأوسط. أظهر ضم شبه جزيرة القرم في عام 2014 والتدخل العسكري في سوريا استعداد موسكو لتحدي نظام ما بعد الحرب الباردة وإبراز قوتها خارج حدودها.

وقد أدت شراكة روسيا الاستراتيجية مع إيران ودعمها لأنظمة مثل نظام بشار الأسد في سوريا إلى زيادة تعقيد المشهد الجيوسياسي في المنطقة.

كما أعاد ظهور الصين كقوة اقتصادية وعسكرية عالمية تشكيل الديناميكيات الجيوسياسية للعالم القديم، حيث تسعى بكين إلى تنفيذ مشاريع البنية التحتية الطموحة والاستثمارات الاقتصادية والمبادرات الدبلوماسية لتوسيع نفوذها وتأمين الوصول إلى الموارد والأسواق الحيوية.

وتهدف مبادرة الحزام والطريق، على وجه الخصوص، إلى تعزيز الترابط والتكامل الاقتصادي عبر أوراسيا، وتحدي مناطق النفوذ التقليدية وتعزيز نظام عالمي متعدد الأقطاب.

تلعب إيران، كقوة إقليمية كبرى في الشرق الأوسط، دورا محوريا في تشكيل الجغرافيا السياسية للعالم القديم، وخاصة في الخليج الفارسي وبلاد الشام وآسيا الوسطى.

وعلى الرغم من مواجهة العقوبات الدولية والعزلة، أقامت طهران تحالفات استراتيجية مع روسيا والصين والجهات الفاعلة الإقليمية مثل «حزب الله» و«حماس»، مستفيدة من موقعها الجيوستراتيجي وموارد الطاقة والأيديولوجية الثورية لإبراز قوتها ونفوذها في المنطقة.

تعمل تركيا، التي تقع على مفترق طرق بين أوروبا وآسيا، كجسر بين العالم القديم والغرب، حيث تتبع أنقرة سياسة خارجية متعددة الأبعاد تهدف إلى تحقيق التوازن في العلاقات مع الولايات المتحدة وروسيا والجهات الفاعلة الإقليمية الأخرى.

ومع ذلك، أدت طموحات الرئيس رجب طيب أردوغان العثمانية الجديدة إلى توتر علاقات تركيا مع حلفائها الغربيين وتغذية التوترات مع الدول المجاورة مثل اليونان وقبرص وسوريا.

تتمتع المملكة العربية السعودية، باعتبارها مهد الإسلام وأكبر مصدر للنفط في العالم، بنفوذ كبير في العالم القديم، وخاصة في شبه الجزيرة العربية والبحر الأحمر والخليج الفارسي. يؤكد تحالف الرياض مع الولايات المتحدة، وتنافسها مع إيران، وتدخلاتها في اليمن والبحرين، دورها كلاعب رئيسي في الجغرافيا السياسية في المنطقة، وإن كان يواجه تحديات داخلية وضغوطا خارجية.

الاتجاهات الناشئة والآفاق المستقبلية

وبالنظر إلى المستقبل، من المرجح أن يتشكل المشهد الجيوسياسي للعالم القديم من خلال مزيج من الاستمرارية والتغيير، مع المنافسات الدائمة، والتحالفات المتغيرة، والتحديات الناشئة التي تحدد مسار المنطقة.

إن عودة المنافسة بين القوى العظمى، وصعود الجهات الفاعلة غير الحكومية، وتأثير الاتجاهات العالمية مثل تغير المناخ، والابتكار التكنولوجي، والتحولات الديموغرافية، ستؤثر جميعها على ديناميكيات الجغرافيا السياسية في العالم القديم في السنوات القادمة.

المصادر:
كيسنجر، هنري. "النظام العالمي". كتب البطريق، 2015.
فريدمان، جورج. "ال 100 سنة القادمة: توقعات للقرن ال21". دوبليداي، 2009.
والت، ستيفن م. "جحيم النوايا الحسنة: نخبة السياسة الخارجية الأمريكية وتراجع التفوق الأمريكي". فارار، شتراوس وجيرو، 2018.
بوزان، باري. "المناطق والقوى: هيكل الأمن الدولي". مطبعة جامعة كامبريدج، 2003
كابلان، روبرت د. "انتقام الجغرافيا: ما تخبرنا به الخريطة عن الصراعات القادمة والمعركة ضد القدر". راندوم هاوس، 2012.
باسيفيتش، أندرو ج. "حرب أمريكا من أجل الشرق الأوسط الكبير: تاريخ عسكري". راندوم هاوس، 2016.
رايت، لورانس. "البرج الذي يلوح في الأفق: القاعدة والطريق إلى 9/11". كنوبف، 2006.
راشد، أحمد. "طالبان: الإسلام المتشدد والنفط والأصولية في آسيا الوسطى". مطبعة جامعة ييل، 2000.

صعود التعددية القطبية في العالم القديم

في السنوات الأخيرة ، شهد المشهد الجيوسياسي للعالم القديم تحولات كبيرة ، تميزت بظهور قوى عالمية جديدة وتآكل الهيمنة الغربية.

وبينما نمر بهذا التحول النشط في النموذج، يصبح من الواضح أن عصر الأحادية القطبية يتلاشى، مما يؤدي إلى نشوء نظام عالمي متعدد الأقطاب. دعونا نستكشف كيف تعيد هذه التغييرات تشكيل الديناميات الجيوسياسية للعالم القديم وتشكل المسار المستقبلي للسياسة العالمية.

تراجع الهيمنة الغربية

إن فكرة الهيمنة الغربية، التي كانت ذات يوم غير قابلة للتعويض، تتعرض الآن للتحدي على جبهات متعددة. وتواجه الولايات المتحدة، التي طالما اعتبرت القوة العظمى الوحيدة في العالم، منافسة جيوسياسية متزايدة من قوى صاعدة مثل الصين وروسيا.

لقد تحطم احتكار الغرب لوسائل الإعلام ونشر المعلومات بسبب إضفاء الطابع الديمقراطي على تقنيات الاتصالات، مما مكن الناس في جميع أنحاء العالم من الوصول إلى روايات بديلة وتحدي الروايات الرسمية.

وعلاوة على ذلك، كان تآكل السلطة الأخلاقية الغربية، الذي تغذى على تصورات المعايير المزدوجة، والنفاق، والتدخل، سببا في تقويض قدرتها على تشكيل الروايات العالمية وممارسة النفوذ على العالم القديم.

فقد أدى غزو العراق، والتدخل في ليبيا، ودعم الأنظمة الاستبدادية، إلى تشويه سمعة الغرب باعتباره نصيرا للديمقراطية وحقوق الإنسان، الأمر الذي عزز الاستياء والتشكك بين الناس في العالم القديم.

وعلى النقيض من تراجع نفوذ الغرب، فإن صعود الصين وروسيا كقوى عالمية قد بشر بعصر جديد من التعددية القطبية في العالم القديم.

تعمل مبادرة الحزام والطريق الصينية والاتحاد الاقتصادي الأوراسي الروسي على إعادة تشكيل المشهد الاقتصادي والجيوسياسي في أوراسيا، مما يزيد من الترابط والتجارة والتعاون بين دول المنطقة.

تتحدى هذه المبادرات الهيمنة التقليدية للمؤسسات التي يقودها الغرب وتقدم نماذج بديلة للتنمية والحوكمة.

إن احتياطيات العالم القديم الهائلة من الموارد الطبيعية، والموقع الاستراتيجي، والنفوذ الاقتصادي المتنامي جعلته مسرحا محوريا للمنافسة الجيوسياسية.

وبينما تعمق الصين وروسيا مشاركتهما مع دول العالم القديم من خلال الاستثمارات ومشاريع البنية التحتية والمبادرات الدبلوماسية، فإنهما تتحديان الهيمنة الغربية وتوسعان مجالات نفوذهما في المنطقة.

سلطة الشعب والحقائق الجيوسياسية

أحد أهم محركات التغيير في العالم القديم هو تمكين الناس من خلال الوصول إلى تكنولوجيا المعلومات والاتصالات. وقد مكنت دمقرطة وسائل الإعلام الأفراد من تجاوز حراس البوابة التقليديين والوصول إلى وجهات نظر متنوعة وروايات بديلة.

وقد أدى ذلك إلى تآكل احتكار وسائل الإعلام الغربية وكشف تناقضات ومظالم السياسات الخارجية الغربية. أثار تاريخ العالم القديم من الاستعمار والإمبريالية والتدخل انعدام ثقة عميق الجذور في القوى الغربية بين السكان المحليين. إن إرث المظالم السابقة، إلى جانب الصراعات المستمرة والأزمات الإنسانية، قد غذى المشاعر المعادية للغرب وعزز عزم دول المنطقة على تأكيد سيادتها والسعي لتحقيق مصالحها الخاصة بشكل مستقل عن النفوذ الغربي.

مسار المستقبل

وبالنظر إلى المستقبل، من المرجح أن يواصل العالم القديم انتقاله نحو نظام جيوسياسي متعدد الأقطاب ولامركزي. وسوف يستمر نفوذ الغرب في التضاؤل مع تأكيد الصين وروسيا لنفسيهما كقوتين عالميتين، وإقامة تحالفات وشراكات جديدة سعيا إلى تحقيق مصالحهما الاستراتيجية. سوف تؤكد القوى المحلية في العالم القديم بشكل متزايد على وكالتها واستقلاليتها، وتسعى إلى موازنة الضغوط المتنافسة والتعامل مع تعقيدات التعددية القطبية.

فهم التعددية القطبية

تشير التعددية القطبية ، كمفهوم ، إلى توزيع القوة الذي تتمتع فيه عدة دول أو مناطق بمستويات متساوية نسبيا من التأثير والأهمية على المسرح العالمي. على عكس النظام العالمي أحادي القطب الذي يتميز بهيمنة قوة عظمى واحدة، تعترف التعددية القطبية بوجود مراكز قوة متعددة، يتنافس كل منها على النفوذ ويؤكد مصالحه.

في سياق العالم القديم، تتجلى التعددية القطبية من خلال كوكبة من القوى الإقليمية، والاقتصادات الناشئة، والتحالفات الاستراتيجية. وتؤكد دول مثل الصين وروسيا والهند وإيران وتركيا نفسها على نحو متزايد كلاعبين رئيسيين في الشؤون الإقليمية والعالمية، متحدية الهيمنة التقليدية للقوى الغربية.

الديناميات الاقتصادية

تلعب العوامل الاقتصادية دورا مركزيا في تشكيل الديناميات الجيوسياسية للعالم القديم. مع احتياطياتها الهائلة من الموارد الطبيعية وطرق التجارة الاستراتيجية والأسواق الاستهلاكية المزدهرة ، تتمتع المنطقة بإمكانات اقتصادية هائلة وتجذب انتباه القوى العالمية.

تقف مبادرة الحزام والطريق الصينية كدليل على التأثير الاقتصادي المتنامي للعالم القديم. ومن خلال مشاريع البنية التحتية الضخمة والاستثمارات في شبكات النقل، تهدف الصين إلى تعزيز الربط وتعزيز التكامل الاقتصادي عبر أوراسيا.

وتتمتع مبادرة الحزام والطريق بالقدرة على إعادة تشكيل أنماط التجارة، وتحفيز النمو الاقتصادي، وتعزيز التعاون بين الدول المشاركة.

وعلى نحو مماثل، يسعى الاتحاد الاقتصادي الأوراسي الروسي إلى تعزيز التكامل الاقتصادي وتسهيل التجارة بين دوله الأعضاء. من خلال الاستفادة من موارد الطاقة وموقعها الاستراتيجي، تهدف روسيا إلى تعزيز علاقاتها الاقتصادية مع الدول المجاورة وتأكيد نفوذها في المنطقة.

تلعب الهند ، باقتصادها المزدهر وعائدها الديموغرافي ، دورا مهما في المشهد الاقتصادي للعالم القديم.

باعتبارها أكبر ديمقراطية في العالم وسوقا ناشئة رئيسية ، فإن النمو الاقتصادي في الهند يعيد تشكيل سلاسل التوريد العالمية ويجذب الاستثمارات من جميع أنحاء العالم.

الضرورات الاستراتيجية

بالإضافة إلى الاعتبارات الاقتصادية، تقود الضرورات الاستراتيجية الحسابات الجيوسياسية للاعبين الرئيسيين في العالم القديم.
إن الموقع الاستراتيجي للمنطقة، وقربها من الممرات البحرية الحيوية، والمنافسات الجيوسياسية تجعلها نقطة محورية للمنافسة بين القوى العالمية.

لا يزال الخليج العربي/الفارسي، باحتياطياته النفطية الهائلة وأهميته الاستراتيجية، مرتعا للمنافسة الجيوسياسية. إن التنافس بين إيران والمملكة العربية السعودية، الذي تغذيه التوترات الطائفية والطموحات الإقليمية، له آثار بعيدة المدى على الاستقرار والأمن الإقليميين.

منطقة بحر قزوين ، الغنية بموارد الطاقة وطرق العبور، هي ساحة أخرى للمنافسة الجيوسياسية. تتنافس دول مثل أذربيجان وتركمانستان وكازاخستان للسيطرة على احتياطيات الطاقة وتسعى إلى تنويع طرق تصديرها لتقليل الاعتماد على الشركاء التقليديين.

لا تزال منطقة البحر الأسود، الواقعة على مفترق طرق أوروبا وآسيا والشرق الأوسط، نقطة اشتعال استراتيجية. أدى ضم روسيا لشبه جزيرة القرم، والصراع المستمر في شرق أوكرانيا، وتوسع الناتو شرقا، إلى زيادة التوترات في المنطقة وإثارة المخاوف بشأن الأمن والاستقرار.

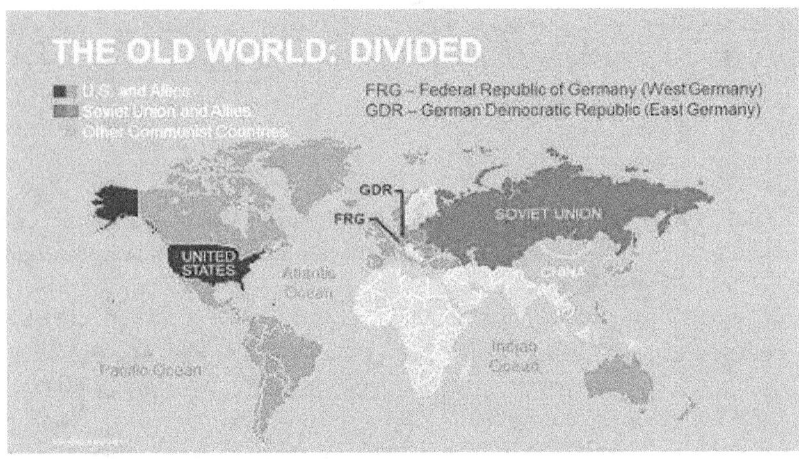

خارطة طريق نحو الازدهار والوحدة

على الرغم من تراثه الغني وإمكاناته الهائلة ، فقد ابتلي العالم القديم أيضا بالصراع والانقسام والتدخل الخارجي. لقد ساهم إرث الاستعمار وندوب الحرب والسعي إلى الهيمنة الجيوسياسية في عدم الاستقرار والصراع في المنطقة. ومع ذلك، في خضم هذه التحديات، هناك بصيص من الأمل - رؤية لمستقبل يحدده التعاون والوئام والاحترام المتبادل.

ومن الأمور المحورية في هذه الرؤية الاعتراف بأن الرخاء الحقيقي والوحدة لا يمكن تحقيقهما إلا عندما يسمح لشعوب العالم القديم بالعيش بأمان وأصالة، دون تدخل وإكراه خارجيين. لفترة طويلة جدا، تم إسكات أصوات وتطلعات المجتمعات المتنوعة في المنطقة أو طغت عليها أجندات القوى العالمية. ولكن مع تغير تيار التاريخ، يتغير ميزان القوى أيضا.

بدأت القوى العالمية في الغرب، التي كانت ذات يوم مهيمنة على تشكيل سرد العالم القديم، تفقد قبضتها على مصير المنطقة. وكان صعود لاعبين عالميين جدد، مثل الصين وروسيا، إيذانا بنظام عالمي متعدد الأقطاب، حيث لم يعد النفوذ يتركز في أيدي قلة قليلة. وبينما تؤكد هذه القوى الناشئة وجودها على المسرح العالمي، فإنها تجلب معها رؤية جديدة للتعاون والمنفعة المتبادلة واحترام السيادة.

لقد مكن التقدم في التكنولوجيا والاتصالات شعوب العالم القديم من استعادة روايتهم وتحدي الروايات الكاذبة التي تفرضها عليهم الجهات الفاعلة الخارجية. من خلال وسائل التواصل الاجتماعي وصحافة المواطن والنشاط الشعبي، تجد الأصوات التي كانت مهمشة أو صامتة في السابق تعبيرا وصدى على المسرح العالمي. الحقيقة ، على ما يبدو ، لا يمكن إخفاؤها إلى الأبد.

بينما يتحرك العالم القديم إلى الأمام ، فإنه سيفعل ذلك بشعور متجدد بالهدف والوكالة. لم تعد شعوب المنطقة راضية عن أن تكون مجرد متفرجة في مصيرها، بل تستعيد مكانتها كمهندسة للتغيير وأبطال للتقدم. إنهم يدركون أن الازدهار الحقيقي والوحدة لا يمكن تحقيقهما إلا من خلال الشمولية والحوار واحترام التنوع.

في هذا المستقبل المتصور للعالم القديم، لن يكون النمو الاقتصادي مدفوعا باستغلال الموارد أو فرض نماذج خارجية، بل بالإبداع وريادة الأعمال والتنمية المستدامة. سيتم الاحتفال بالتراث الثقافي الغني للمنطقة والحفاظ عليه ، ليكون بمثابة مصدر للقوة والصمود في مواجهة الشدائد.

والأهم من ذلك، أن قيم التسامح والرحمة والعدالة التي كانت السمات المميزة لأنبياء العالم القديم لآلاف السنين ستوجه المنطقة نحو مستقبل من السلام والازدهار للجميع.

بينما نلاحظ أفق العالم القديم ، يحدث تحول ، مما يشير إلى تراجع الهيمنة الغربية وبداية فترة جديدة تحددها الرفاهية الجماعية والوحدة.

إعادة التشكيل الاقتصادي

تهب رياح التغيير عبر المشهد الاقتصادي للعالم القديم ، وتعيد تشكيل ديناميكيات التجارة وتشكل تحالفات جديدة. وبوسعنا أن نرى الدليل على تلاشي سيطرة الغرب والولايات المتحدة في الشراكات والمبادرات الاقتصادية الناشئة في المنطقة.

على سبيل المثال، يشير إنشاء الصين وروسيا وغيرهما من الاقتصادات الصاعدة للبنك الآسيوي للاستثمار في البنية الأساسية وبنك التنمية الجديد إلى تحول كبير في الإدارة الاقتصادية العالمية، الأمر الذي يشكل تحديا لهيمنة المؤسسات التي يقودها الغرب مثل البنك الدولي وصندوق النقد الدولي.

إن تراجع العدوان والقمع من قبل القوى المدعومة من الغرب واضح في حل الصراعات الطويلة الأمد والسعي إلى حل الحلول الدبلوماسية. خذ على سبيل المثال الاتفاق النووي الإيراني التاريخي، الذي شهد انخراط القوى الغربية في حوار بناء مع إيران، مما أدى إلى تخفيف العقوبات وتطبيع العلاقات.

وبالمثل، تمثل مفاوضات السلام الجارية في أفغانستان واليمن تقدما كبيرا نحو الاستقرار والمصالحة، مما يمثل خروجا عن عصر التدخل والتدخل العسكري.

الإحياء الثقافي

في أرض الثقافة والهوية ، يشهد العالم القديم نهضة ، يغذيها انبعاث المعرفة والتراث الأصليين. ويظهر تراجع النفوذ الغربي في إحياء الممارسات والعادات التقليدية، حيث تستعيد المجتمعات استقلالها الثقافي وتؤكد هوياتها المتميزة.

فعلى سبيل المثال، تبرز مبادرات مثل إحياء طرق التجارة القديمة على طول طريق الحرير وترميم المواقع والمعالم التاريخية تقديرا متجددا للتنوع الغني للحضارات التي ازدهرت في المنطقة لآلاف السنين.
وقد سمح تراجع العدوان والقمع بمزيد من التبادل الثقافي والحوار، وتعزيز التفاهم والاحترام المتبادلين بين مختلف الطوائف.
وتشجع مبادرات مثل برنامج اليونسكو لطرق الحرير ومبادرة العاصمة الثقافية العربية الحوار والتعاون بين الثقافات، وسد الفجوات، وتبني الشعور بالتراث المشترك، والانتماء.

التقدم التكنولوجي

يبرز العالم القديم كحاضنة للابتكار التكنولوجي ، مدفوعا بالمواهب والإبداع المحليين. يمكن رؤية الدليل على تلاشي سيطرة الغرب والولايات المتحدة في صعود النظم الإيكولوجية للتكنولوجيا المحلية وانتشار الشركات الناشئة والمؤسسات المحلية.

دول مثل إسرائيل وتركيا وإيران في طليعة الابتكار ، وتطوير التقنيات والحلول المتطورة المصممة خصيصا لتلبية الاحتياجات والتحديات الفريدة للمنطقة.

علاوة على ذلك ، أدى تراجع العدوان والقمع إلى إطلاق موجة من الإبداع وريادة الأعمال ، حيث تستفيد المجتمعات من التكنولوجيا لمعالجة القضايا الاجتماعية والبيئية الملحة. من مبادرات الطاقة المتجددة في دول الخليج إلى منصات الحوكمة الإلكترونية في آسيا الوسطى، يتم استخدام التكنولوجيا لتمكين المواطنين، وتعزيز الشفافية، وتعزيز التنمية المستدامة.

الاستدامة البيئية

من بين المخاوف المتزايدة بشأن تغير المناخ والتدهور البيئي ، يتبنى العالم القديم نقلة نوعية نحو الاستدامة والحفظ. والدليل على تلاشي سيطرة الغرب والولايات المتحدة يظهر في التزام المنطقة بالطاقة المتجددة والحفاظ على البيئة.

تستثمر دول مثل المملكة العربية السعودية والإمارات العربية المتحدة وقطر بكثافة في مشاريع الطاقة الشمسية وطاقة الرياح، بهدف تقليل الاعتماد على الوقود الأحفوري وتخفيف انبعاثات الكربون.

وقد حفز تراجع العدوان والقمع التعاون والمبادرات الإقليمية الرامية إلى التصدي للتحديات البيئية العابرة للحدود.

تجسد مشاريع مثل سور الصحراء الأخضر العظيم وإعلان الدوحة بشأن العمل المناخي التزام العالم القديم بالإشراف البيئي والعمل الجماعي ، وتجاوز الانقسامات الجيوسياسية وتعزيز الأهداف المشتركة للاستدامة والمرونة.

تستثمر دول مثل الإمارات العربية المتحدة بكثافة في مشاريع الطاقة المتجددة، مثل مجمع محمد بن راشد آل مكتوم للطاقة الشمسية، الذي يهدف إلى توفير الطاقة النظيفة لملايين الأسر.

وبينما تفسح السيطرة المتلاشية للغرب والولايات المتحدة المجال لعصر جديد من التآزر والتعاون، يستعيد العالم القديم مكانته الصحيحة كمنارة للتقدم والإمكانات على الساحة العالمية. معا، من خلال الرؤية المشتركة والعمل الجماعي، سوف تبحر شعوب العالم القديم في تحديات وفرص القرن ال21، وبناء إرث من السلام والازدهار والتضامن للأجيال القادمة.

المصادر والمراجع

www.aljazeera.com/news/2003/12/9/the-history-of-jerusalem

كيسنجر ، هنري. "النظام العالمي". كتب البطريق ، 2015.

فريدمان ، جورج. "ال 100 سنة القادمة: توقعات للقرن ال21". دوبليداي ، 2009.

والت ، ستيفن م. "جحيم النوايا الحسنة: نخبة السياسة الخارجية الأمريكية وتراجع التفوق الأمريكي". فارار ،
شتراوس وجيرو ، 2018.

بوزان ، باري. "المناطق والقوى: هيكل الأمن الدولي". مطبعة جامعة كامبريدج ، 2003

كابلان ، روبرت د. "انتقام الجغرافيا: ما تخبرنا به الخريطة عن الصراعات القادمة والمعركة ضد القدر". راندوم هاوس
، 2012.

باسيفيتش ، أندرو ج. "حرب أمريكا من أجل الشرق الأوسط الكبير: تاريخ عسكري". راندوم هاوس ، 2016.

رايت ، لورانس. "البرج الذي يلوح في الأفق: القاعدة والطريق إلى 9/11". كنوبف ، 2006.

راشد، أحمد. "طالبان: الإسلام المتشدد والنفط والأصولية في آسيا الوسطى". مطبعة جامعة ييل ، 2000